新扬州画舫录

主编/马家鼎　　副主编/杜海

◎分册主编　赵明

帅国华
汪向荣
编著

江苏古籍出版社

城市广场

古城夜景

鼓楼步行街

上汽集团仪征公司第三整车生产基地

全国最大的内河中转油港
南京港仪征作业区

远东最大的化纤原料基地
仪征化纤公司

序

孙志军

故人西辞黄鹤楼，
烟花三月下扬州。
——李白

天下三分明月夜，
二分无赖是扬州。
——徐凝

凡是对中国古代文化稍有涉猎的人，不会不熟悉这些脍炙人口的千古绝唱，不会不知道这些诗句所描绘的中国历史文化名城——扬州。

扬州南临长江，北倚蜀冈，京杭大运河从境内蜿蜒穿越。这里交通便利，环境优美，气候温润，物产丰富，历史悠久，人文荟萃，自古以来就是世人所向往的地方。改革开放以来，随着扬州港的建成，高速公路的通车，润扬大桥的架设，以及宁启铁路的铺筑，古城扬州加速开放、开发，同中国乃至整个世界更加紧密地联系在一起。扬州正以其2500年的历史魅力、星罗棋布的名胜古迹、苏中水乡优美独有的生态环境和博大精深的文化底蕴，愈益吸引着海内外的广大宾客。

扬州有着极为丰富的旅游资源。它们似一幅幅生动而美妙的画卷，把扬州人民几千年来辛勤创造的辉煌历史和灿烂文化，展现给游人。扬州的旅游资源具有显著的优势和鲜明的特色。它们一方面融合了中国南北方文化风格而自成一家，另一方面又体现了世界东西方文化交流而独树一帜。扬州，可以说是了解中国社会风情和东西文化交往的一个极好的窗口。

扬州城区的旅游景点，相互衬映，彼此衔接，勾勒出了一部较完整的中国城市史。中国最早的运河——邗沟，现在仍然在扬州城里静静地流淌，荡漾的碧波中闪烁着先秦人民智慧的光芒。天山汉广陵王宏大墓园中让世人瞩目的“黄肠题凑”帝王葬制，显示着汉代王侯的威严和广陵国的强大。隋炀帝陵上的秋风与衰草，向后人讲述着一个封建王朝的兴衰和亡国之君的历史教训。蜀冈之巅巍峨兀立的唐代城阙，时时唤起人们对盛唐气象的千古追忆。平山堂内的欧阳修石像，给人们述说着宋代“文章太守”“坐花载月”的风流传说和“放开眼界”的博大胸怀。而瘦西湖、个园、何园、汪氏小苑等俏丽精美的湖上园亭、私家园林，则使游人沉醉于明清时代扬州盐商的富有，惊叹其庭院园艺的精深造诣。

扬州城区的旅游景点，各具特色，内涵丰富，同样连缀成一部生动的中外友好交往史。大明寺里供奉的唐代扬州高僧鉴真，早在1200多年前就不惧惊涛骇浪，历经艰难险阻，把兴盛的大唐文化传播到了日本，从而成为中日友好交往的历史象征。同一时期,来自今日朝鲜半岛的新罗人士崔致远,离别故土,求学中华,供职扬州,用自己的青春年华浇灌出了中韩两国人民的友谊之花,被喻为“东国文学之父”,至今为中韩人民所深深怀念。古运河畔的普哈丁墓园,安息着宋代来扬州传教的阿拉伯人民的友好使者,成为扬州和阿拉伯世界友好交往的历史见证。天宁寺里的马可·波罗纪念馆,记载着元代不远万里从威尼斯来华的著名旅行家马可·波罗一段特殊的经历,他曾在扬州做总管三年。踏访古城纪念场馆,游人可以从中感悟到扬州同世界很早就联系在一起……

其实,扬州的历史名胜不仅在市区随处可见,分散于各县(市)别具特色的秀丽景观和文化遗址同样蕴藏着旅游开发的丰厚资源。曾有人说过:即便是一个对扬州文化比较关注的人,在扬州也可能时时会有惊喜的发现。其实,扬州地域不仅有着通史式的市井城垣,还有境内风韵独具的古迹名胜。而想要了解扬州,就必须了解扬州的整体。扬州,除了五亭桥湖中的倒影和个园四季假山的凝练,还有着盂城驿夕阳下的宁静、瓜洲古渡文人骚客的吟咏、荷藕之乡经典的浪漫、大运河簇拥的点点帆影和青山的竹海涛声。可以相信,只要了解了整体的扬州,就一定会深深沉醉在扬州的怀抱里。

新世纪初扬州要建设旅游名城,就需要有效地开发和整合其所拥有的全部旅游资源。只有扬州城区和各县(市)的相互连动与重组聚合,才能真正营造出扬州丰富、充实、新颖的旅游新格局。这套《新扬州画舫录丛书》,就系统、全面地介绍了县(市)的特色景观和旅游名胜。此前一年，首批出版的介绍扬州市区四大名胜的《扬州画舫新录》，确实受到了众多游人的喜爱，在很短的时间里又进行了第二次印刷。这套《新扬州画舫录丛书》的立意和体例与前者基本相同，并继续传承了清代李斗名著《扬州画舫录》的纪实风格，用现代文体客观描述了扬州下辖的四个县（市）和邗江区的文化名胜和独特景观，可以进一步加强大家对扬州的了解。

扬州市（县）整体旅游的格局的形成还需要我们做很多工作，而现在各县（市）之间快捷的交通网络已经为形成这样的格局创造了良好的条件。随着旅游事业的发展，旅游体制的理顺，旅游资源的优化整合，旅游环境的改善，旅游市场一定会更加丰富，更加充实，扬州的城市形象一定会更加美好。我们要使到过扬州的朋友喜爱扬州，让更多的人乐于走进扬州，欣赏扬州，宣传扬州。

城市在变革中发展，也在发展中跃升。面对新世纪，扬州将跨越静静的运河而融于长江的涛声，进而感受大海的澎湃。标志着中国第一跨的润扬大桥和从蜀冈上空传来的火车汽笛的鸣响，唤醒了扬州百年的梦想和期盼，一定会激发更多的扬州人尽力为这座古老城市增添新的风采。当新世纪的机遇摆在我们面前，我们古老而鲜活、沧桑而美丽的城市一定会有新的内涵、新的发展和新的飞跃。

（作者系中共扬州市委书记、市人大常委会主任）

风物淮南第一州　枕江襟水显风流

卜宇

历史，是昨天的终结，又是今天的开始。回顾历史，才能更好地理解现在，把握未来。当沿江开发成为仪征新世纪最大的发展机遇，当仪征正谋求全面融入南京都市圈，着力建设历史文化名城扬州"西花园"之际，从旅游角度出发，将滨江之城仪征不同历史阶段具有代表性的自然景观、人文景观像珍珠般串连成线，并加以图文并茂式的集纳就是一件很有意义的事情。

仪征，历史上就是淮南名城，江北重镇。漕盐运输和冶炼业相当发达。仪征也因宋时在此熔铸玉皇、圣祖、太祖、太宗四座金像，工艺精湛，仪容逼真而得名。仪征地处长江三角洲顶端，南京、扬州、镇江三大城市的几何中心，地貌多样，丘圩错综，山川映发，水木清华，自然景观秀美，文化积淀深厚，一度享有"东南佳丽"、"风物淮南第一州"的美誉。

仪征枕江襟水，是苏中唯一临江筑城的县城，境内近30公里长的江岸线顺直稳固、深泓临岸，世界上最早的大型船闸就诞生在这里。晋代永和年间，仪征开渠引江水六十里至扬州，从此仪征就成了江淮运口，一条运河滋润了仪征千年辉煌的历史。宋时设州后，仪征走向了鼎盛，被誉为“纲运喉舌”、淮盐中转枢纽，粮、盐、茶、酒等物产转运占“一半天下”。水运的发达刺激了商业、手工业的发展，万商云集、铺肆联袂，繁华程度一度超过了扬州。迄至十九世纪末二十世纪三十年代，十二圩又成为淮盐的屯集、运销地，“列樯蔽空，束江而立，复岸十里，望之若城郭”，“食盐之都”的美称远播海豌。

仪征历史上在水运方面独特的“襟要”地位，以及其依山傍水的自然形胜，也吸引了大批富商尤其是盐商来此置业、造园，并催发了世界上最早的造园专著《园冶》在仪征问世，使仪征成为堪与扬州、苏州齐名的园林城市。由宋至清，见之于地方志的园林就有40座之多。由于刀兵水火，这些园林到清咸丰初年基本都已毁废。美丽的园林毁坏了，却不能摧毁人们对美好景物的追求和向往。光绪年间，人们将远山、近水、农田、树木与历史遗迹溶为一体，创造出“仪征八景”。

仪征，钟灵毓秀，人文荟萃。在群星灿烂的中华民族史册上，陈敷、许叔微、阮 元、刘文淇、李斗、吴让之等都是闪耀着夺目光彩的明星，而卞宝第、刘师培、盛延祺、柳大纲、盛成等则是近代中国乃至世界具有影响的名人。历史上，仪征由于地处江淮运口，文化发达，园林兴盛，在此为官的、生活的、慕名而来游览的达官贵人、文人墨客不可胜数。且不说秦汉魏晋，唐宋元明清间就有很多。唐代的骆宾王、李白、孟浩然、权德舆、刘禹锡、韦应物，宋代的范仲淹、文天祥、王令、梅尧臣、欧阳修、王安石、苏轼、黄庭坚、米芾、杨万里、陆游，元代的郝经、赵孟頫，明代的高启、李东阳、袁宏道、袁中道、汤显祖，清代的顾炎武、汪中、袁枚、朱彝尊、王士禛、曹寅、孔尚任、石涛、吴敬梓、郑板桥等等，都在这里乘舟策杖，流连山水，游览园林，作诗酒之会，留下了许多诗文名篇和传说佳话。

文人墨客青睐仪征，自有多种理由，其中之一就是此处的物产有不可复制的绝妙，观其形、品其韵、食其味，都是人生情感的高层享受。山岗丘陵下埋藏着丰富的黄砂、卵石、玄武岩、石油和含钠、锶、偏硅酸的地下水。雨花石被誉为中华一绝，石柱林极具观赏价值。鲥鱼、刀鱼、鮰鱼、河豚鱼被称为长江"四鲜鱼"，江滩上生长的八种野生植物被称为"洲八鲜"。紫菜也是仪征特产，常为宴客馈赠佳品。仪征人心灵手巧，早在唐代，制作的铜镜和编织的莞席就作为贡品进奉皇家。草席编织传留近千年，到了清末民初，已与苏、宁齐名，成为长江下游三大名席，现在则是有名的草席之乡。上世纪50年代引种茶叶，而今仪征已成为苏北的茶叶之乡。仪征饮食文化素来发达，长期以来形成了不少名菜名点，知名的有翟店甲鱼、头坝巷驴脯、海乡鲻鱼、溜雀脯、美人糕、车蝋糊涂饼、十二圩五香茶干以及现今的馋神风鹅、新城猪头肉、油港龙虾等等，都别具风味。

进入新世纪，重新审视仪征厚重的历史，再度打量岁月串起的经济、文化珠玑，人们关注着那些历经岁月打磨依旧沉厚的遗存，那些历经风吹雨打依然显亮的景观。为了把这些历史文化景观整合到仪征新一轮经济和社会事业发展之中，仪征提出了发展特色旅游的思路，短短几年就推出月塘登月湖风景区、扬州西郊森林公园、龙山风景区三处自然景点，一个以捺山石柱林为亮点的主题科学公园也处于包装、推介之中。仪征提出了创建全国环保模范城市、全国文明城市和先进文化县市的目标，把营造一流的生态、人居环境作为做强、做美、做实现代化滨江城市的重要内涵，滨江公园、鼓楼景观区、扬子公园、盛成广场、城西荷塘等一批标志性城市景观工程的建设，意味着"仪征"二字将在新时期被赋予鲜活的文化内涵，映上斑斓的时代色彩。

"日出江花红胜火"，如今的仪征，既荡漾着传统质朴的古风，也流淌着现代文明的新韵。远东最大的化纤原料生产基地——仪化公司，全国最大的内河油港——南京港仪征作业区等一批部省属企业的落户，展示着银丝奔泻、油龙飞渡的现代大工业的盛景，而持续强势推进"经济、城市、机关作风"建设，则更焕发出古城励精图治的勃勃生机。随着南京长江二桥、润扬大桥的兴建以及沿江高等级公路的开工，仪征正加速融入南京都市圈和上海经济圈的进程；在抢抓沿江开发的新一轮发展机遇中，仪征60万人民正以勤劳为笔、智慧为墨，将910平方公里的地域绘就成丘陵壮美、江河豪迈的时代画卷。

仪征枕江，大浪淘去的只是枯柯烂苇；仪征襟水，新潮涌起的一定是远航的笛音、顺流高扬的帆樯。但愿《新扬州画舫录·仪征景观》这本书，能成为仪征人民观照当地历史及外地嘉宾了解仪征发展的一扇小小的窗口。

（作者系中共仪征市委书纪、仪征市人大常委会主任）

目录

古镇新姿 …… 1
仪征古来是真州 …… 2
附:抚今追昔话胥浦 …… 6
史存争议说新城 …… 11
附:与盐业共兴衰的十二圩 …… 14
由来人说小扬州 …… 19
千年古镇道大仪 …… 22
遗迹寻踪 …… 27
神墩商周古文化遗址 …… 28
刘集联营秦汉墓群 …… 29
庙山汉墓 …… 30
天宁寺塔 …… 32
慧日泉 …… 36
鼓楼 …… 40
周太谷墓 …… 42
盛母盛成墓 …… 45
城南大码头的古迹 …… 48
记忆中的遗迹 …… 55
山水园林 …… 59
仪扬运河 …… 60
仪城河 …… 64
胥浦河 …… 68

铜山 …… 71
捺山 …… 74
扬子公园 …… 77
白沙公园 …… 78
龙山风景区 …… 80
扬州西郊森林公园——白羊山 …… 85
登月湖风景区 …… 89
远去的城市山林 …… 92
未完全消逝的风景 …… 98
名人留痕 …… 107
世界文化名人盛成 …… 108
蜀岗臃肿作龙蟠
——王安石与仪征 …… 112
米芾在真州的文化遗产 …… 115
天池明月思曹寅 …… 120
郑板桥在毛桥读书和江村设塾 …… 124
风味特产 …… 129
中华一绝雨花石 …… 130
传统特产朴席 …… 133
绿茶 …… 135
江滩八鲜·紫菜苔 …… 137
长江四鲜鱼 …… 140
十二圩五香茶干 …… 143
传统美味——风鹅 …… 145
后记 …… 147

古镇新姿

鼓楼景观区

仪征古来是真州

地名是历史老人留在大地上的脚印。要问真州和仪征这两个脚印是什么时候、又是怎么留下来的，这就要回过头数数老人已走过的脚迹了。早在上古时代，我们的祖先就在这块土地上繁衍生息。西周初期，徐国成为东方霸主，国君的儿子住在现今曹山石碑谭家营一带，取名叫鄎。这是仪征最早出现的地名——老人的第一个足迹。春秋时期，这里先后属楚、吴、越。战国时复又属楚。秦统一中国，实行郡县制，旧县志称这一带属九江郡。著名历史地理学家谭其骧的《秦郡新考》及所附地图标示，这一带为东海郡。新编《仪征市志》时，编修方志人员采用新的科学研究成果，从谭说改为属东海郡。

汉高祖五年至汉武帝元封四年（前 202 – 107），仪征先后属楚（荆）、吴、江都国、广陵国，为广陵、江都二县地。元封五年（前 106），划广陵、江都二县地置舆县，为仪征历史上建县之始，不过县治所不在现今市区。那时市区及其以东大片地域，才因长江入海口泥沙淤积，露出水面，成为若干沙洲，到洲上垦殖的先民称其为白沙洲，舆县建立时，属广陵乡，名白沙村。这是仪征历史上最早见于文字的乡名、村名——老人的又一处足迹。此后二百多年中，天下三分，南北分裂，战争不断。县建置不存，行政隶属多变。隋朝短暂统一期间，仪征先后属扬州和江都郡的广陵县、江阳县和江都县。唐永淳元年(682)划江都县地建扬子县，仪征才复有县的建置，现在的市区仍不是县治所在地，而称白沙镇，是扬子县的属地。五代吴顺义四年(924)白沙镇改为迎銮镇。

到了宋代，历史老人跨出了一大步，仪征的历史进入了新的时期。迎銮镇由县属镇升为建安军，领永贞(扬子县改名)和六合两县，现今市区成为建安军治所，并开始筑城。迎銮镇升建安军，除了它已成为江淮运口的地理优势外，还有人的因素在内。北宋建国后，宋太祖赵匡胤于建隆元年(960)亲征进据扬州的淮南节度使李重进；李被消灭后，赵匡胤命诸军在迎銮镇训练水师，准备攻打南唐。南唐大臣杜著扮作商人与薛良一起由建安渡江来降，献平南唐之策，匡胤痛恨杜著为臣不忠，将杜诛杀。唐主惧威，命儿子来降。大概赵匡胤觉得迎銮镇与建安渡这两个地方是吉祥之地，对巩固初生北宋政权起过重要作用，值得纪念，于是在乾德二年(864)将迎銮镇升为建安军。如果说，建安军之设是宋朝开国皇帝圣旨的话，那么建安军升为真州则是另一个皇帝的诏令了。宋真宗大中祥符六年(1012)，信奉道教的真宗诏令在建安军设冶炉铸玉皇、圣祖、太祖、太宗四座金像。全国之大，为何独选在建安军铸像？因为这里冶炼业历史悠久，技艺精湛，汉初吴王刘濞即在此冶铜铸钱，唐代铸造的铜镜已成为进奉皇家的贡品。白居易在题为《江心镜》的诗中说这种五月五日在扬子江心所铸的铜镜，“琼粉金膏磨莹已，化作一片秋潭水”，“背有五爪飞金龙，人人呼为天子镜”。加之有人向真宗皇帝赵恒上奏，说建安军西北小山(今马集二亭山)上出现王气，皇帝立即派出大员到这座小山设置冶炉，挑选能工巧匠，铸造金像。像成以后，又派相当于副宰相的高级官员为迎奉圣像使，将金像迎到京城。迎送仪式极为隆重，单是装载官员、道众、内侍、乐队以及门旗、矢、幢节的船只就有千艘，沿途州县官员出城十里迎送，皇帝亲自率领文武百官将金像迎接到新建的玉清昭宫供奉起来。因为这四座金像仪容逼真，皇帝很高兴，便下诏将建安军升为真州，并在冶炼的地方建造天庆仪真观。从此，有了真州和仪真之名。需要说明的是，此时只有真州是行政区域的名称，而“仪真”尚不能算是地名，直到 100 多年后的宋徽宗政和七年(1117)朝廷修《元丰九域志》时才赐真州又名仪真郡，行政

真州夜景

序列上仍为真州,仪真郡只是赐的虚名而已。真州起初领永贞、六合二县,后避仁宗赵祯讳改永贞县为扬子县,到明初,真州一直领扬子、六合二县。明洪武二年(1369),撤销真州及其所辖扬子县,设仪真县,原辖的六合县划归应天府。从这时起,仪真才真正成为县级行政区域名称,清雍正元年(1723)避讳,改仪真为仪征,仪征之名一直延续到今天。真州存在时,仪真为赐名,真州撤销时才建仪真(征)县,所以说,仪征古来是真州。真州、仪征(真)名称由来及其演变过程,以及其中许多历史事件,不仅见于府、县地方志书,而且记载在宋代正史和国家编修的地理书中,是有历史文献依据的。

仪征古来是真州,现在的真州却不是仪征,而是仪征市所辖的一个镇。新中国建立前也没有真州镇这一行政区划,1949 年 5 月间才将城区的新仪、文山两镇合并,新建立一个城厢镇,且以古真州将其命名为真州镇。从地缘关系来说,它是从白沙镇、迎銮镇发展演变而来的,有千年以上历史。到 1990 年,真州镇面积约 11 平方公里,人口 7.43 万多。曹山乡和胥浦镇先后并入真州镇后,现在全镇面积已扩大到 77.27 平方公里,常住人口达 13 万多,是扬州市人口最多的镇。从宋初开始,这里一直是军、州、县的治所,现在仍是仪征市政府所在地。镇区南濒黄金水道长江,沿江岸线 9.5 公里,有大小码头 11 个,其中 6 个万吨级码头,四季可泊万吨级船舶;北枕正在建设中的宁启铁路,宁通高速公路横穿全境;水陆交通便利,区位优势明显。经过几十年特别是最近几年大规模城市建设,镇区面积从过去的不足 2 平方公里扩展到37.66平方公里。镇区内道路、供排水、供电、通讯等基础设施建设和房屋建设，根本改变了旧城面貌。仪化、华兴、南京油港、上海汽车集团仪征汽车股份公司、活塞环有限公司等20多家大中型企业，撑起了仪征工业经济的大半壁江山。文化、教育、金融、商贸服务和旅游等产业迅速发展。大型城市商业广场建成开业，时代、苏果、家得利三大超市仪征店同时落户，白沙、扬子和滨江公园，具有明清建筑风格和欧州建筑风格的鼓楼景观区和市府广场，以及高达38.2%的绿化复盖率，都大大改善了居民生存环境。现今真州镇的繁荣富庶程度已非昔日宋代刘宰笔下"风物淮南第一州"和清代袁枚笔下"小小繁华一郡城"能比。2001年，全镇社会总产值13.83亿元，人均纯收入3652元，人均居住面积40平方米，人民生活基本达到小康水平。

附：抚今追昔话胥浦

从20世纪70年代后期起，仪征市区的西边，以胥浦为中心的胥浦河两侧，崛起一座化纤城，外地人称它为"仪征化纤"，本地人直呼其为"大化纤"。所谓"大"，是指其占地10平方公里，规模全国第一，在亚洲也是执牛耳的。加上华兴建设公司、南京油港和仪征分输站，这片过去唱农歌出了名的农田，已俨然成了繁华的城市。2000年胥浦镇并入真州镇，新建成的纵贯南北的万年大道将这片胥浦新区与面貌一新的真州老区连在一起了。从城镇发展角度看，胥浦是新区，其实胥浦这个名字比现在仪征及市区所在的真州古老得多，要早出现1500多年。

伍子胥塑像

早在2500多年前的春秋时代，楚国的平王听信谗言，杀害了太子太傅伍奢和他的儿子伍尚，他的另一个儿子伍员(子胥)拒捕逃亡。伍子胥出湖北，过安徽，到了江苏六合他哥哥的食邑堂邑，又从那里东逃到仪征准备渡江投奔吴国，可是在江边却找不到渡船。前有大江，后有追兵，正当走投无路陷入险境之际，幸得一位渔人相救。渔人要他先在江边芦苇丛中躲过追兵，天黑以后将他叫了出来，渔人见伍子胥饥饿疲惫，特地为他找了一些麦饭、鱼羹充饥，然后乘天黑将他渡过江去。

伍子胥十分感激这位救他于危难之中的陌生人，解下身上佩剑恭恭敬敬送到渔夫面前，说这是家传之宝，剑柄嵌七星，百金难买，现在送给他以答谢救命之恩。渔翁回答说:楚王已经下令,捉到伍子胥赏金千镒,还要封官受禄,我如果贪图钱财,何必冒着危险救你?伍子胥请教他的姓名,以便日后报答。渔人说,你反对残杀无辜的楚王,我看中你的为人才救你,何必留下姓名,你叫我渔丈人好了。船到岸后,伍子胥叮嘱渔人保守秘密,渔人只是微笑,等他走了一段路回头看时,渔人已将船弄沉投江自尽了。后来,伍子胥在吴国受到重用,并帮助吴国灭亡了楚国。他念念不忘渔丈人,吃饭前都进行祭告。这是见于《吕氏春秋·异宝篇》的真实故事,《史记·伍子胥列传》中也有记载。后来,人们将伍子胥渡江的地方叫做胥浦。唐宋间,在这里建了精忠英烈庙(又称伍相祠),周围植起伍相林。二千五百多年前,仪征人就应该为渔丈人发"见义勇为"奖的,可是传统文化是重官不重民的。他们早就为伍相国建了祠,到了明朝,才在伍相祠中增加了渔丈人画像,与伍子胥一起接受祭祀,说来说去还是沾了相国的光。

除了渔丈人故事,胥浦还留下了浣纱女、鸡留山的传说。据说伍子胥在逃亡途中,曾受一位水边浣纱女的一饭之恩,她同样投水自尽,以消除伍子胥怕露出风声的疑虑,丢下了与自己共同生活的老母。伍子胥欲报浣纱女之恩,而不知其家,即留鸡于山以为祭祀。所以,仪征旧县志上还有"鸡留山"的记载。

渔丈人和浣纱女舍身取义的精神,在胥浦这块土地绵延千年不断,到了宋代,又一次得到升华。胥浦河边发生了更为壮烈的义举,写下了可歌可泣的雄伟篇章,这就是"三将喋血胥浦河"的故事。那是公元1161年秋天,经过多年准备的金国,由国主完颜亮亲自率领号称六十万众的大军，分四路南侵。南宋起用正在患病的老将刘锜领兵抵御。刘锜把主力部署在淮东运河线上，迎击从淮河南下的敌人，同时令副帅王权进军庐州（今合肥），负责淮西防务。王权贪生怕死，没有与金兵接触就弃庐州，走和州，从采石矶逃归建康。西路金军长驱直入，很快打到扬州近郊。刘锜的部署被打乱，腹背受敌，扬州、真州一带居民百姓非常恐慌，纷纷渡江南逃。但江宽船少，时间紧迫，能过江的人很少，大多数人眼看将成为金兵铁骑下的牺牲品。当时，这一带宋军只有二千人，宋将邵宏渊召集部下商量，决定分兵三分之一，交给梁渊、元宗、张昭三位偏将，负责守卫真州，阻击敌军，以争取时间，让更多的百姓能够渡过江去。胥浦是真州的西大门，胥浦桥则是门上的锁钥。三位将军率部到了胥浦河边，正准备拆毁胥浦桥，成千上万金兵已蜂拥而至，而守军只有五六百人。三位将军毫不畏惧，跳上马背，振臂高呼，冲向敌阵。元宗奋勇当先，手枭敌将。张昭奔驰在敌阵中，左冲右突，杀死很多敌人，但终因敌众我寡，陷入重围。元宗力竭战死，张昭被敌人弓箭射中，只剩下梁渊和少数士兵。梁渊要求部下死守渡桥，自己首先单枪匹马冲到胥浦桥边，在金兵重重包围中活捉一名敌将。正当他挟着敌将返回时，金兵刀枪并举，将他左臂砍断。梁臂断血流，斗志不减，紧紧挟着敌将，横眉怒斥敌军。敌人为他的英雄气概所震慑，一时不敢上前。梁渊看着手下的士兵死的死，伤的伤，无法再战，便挟敌将跳进胥浦河与敌人同归于尽。金兵失掉指挥，又担心真州城里守军来援，停在河边不敢前进。这样，就赢得了时间，使扬州、真州一带百姓能顺利渡过长江，驻在清河口的刘锜也能很快撤回扬州。以后，刘锜的部队在扬州附近皂角林一带与金军决战，金军横尸二十多里，统帅被打死，不得不败退。人们称颂三位将军“以一身之死，易万众之生，以胥浦跬步之地，为江淮数千里保障”，为他们塑像建庙，定期祭祀。三将军庙起初建在胥浦河边，不知什么原因，后来迁到城东焦家山，现如今，这里只留“三将”地名。有了渔丈人、伍子胥和三将军，胥浦这个名字早已进入中华民族的历史。而今，在胥浦兴建的“大化纤”等大型企业，也将被写进中国社会主义现代化建设的史册，这当中也包含了胥浦人民舍小家为大家的义举。

地处胥浦境内的远东最大的化纤原料生产基地——仪征化纤公司

史存争议说新城

仪征市区的东郊新城镇是个古镇，相传为晋谢安所筑。对此历史上存有争议。持新城为谢安所筑之说的人认为，《资治通鉴》有“安于步丘筑土垒，曰新城”的记载，虽未指明步丘的地理方位，但仪征的新城当时属广陵地域，是谢安“出镇广陵”的属地，而新城又是广陵（今扬州）的西部屏障，熟谙军事韬略、指挥过历史上出名的“淝水之战”的谢安，会选择在此垒土为城的。清雍正元年（1723）仪征知县李昭治在编修《仪征县志》时就当仁不让地说：“新城在东关外，……本谢安出镇广陵所筑也。”为了证明谢安所筑新城不是邵伯或不仅是一处，这位县太爷除引用欧大任的诗“谢公镇广陵，甘棠人勿翦，君见东山云，何似邵伯堰”加以佐证外，还站出来直接进行论辩。他说，晋代群雄角逐，所在皆为敌国，各方从自身安全考虑，不得不有所防备而垒土筑城，且新城面临浩浩大江，背靠蜿蜒丘陵，形势险要，正是屯兵设防的好地方，所以谢安选择了在这里筑城。另有一种说法，谢安所筑非仪征之新城，而是现今江都的邵伯。清代编修的《扬州府志》对《仪征县志》的记述，提出不同看法，指出：“谢安新城于甘泉（邵伯在清雍正后属甘泉县），非仪征之新城，李志以为谢公当年所筑非止一处，语无所本。”

尽管至今尚无定论，但新城这个名字与谢安筑新城有一定关联，且地方志和地方文献有足够的史料证明新城历史十分悠久，其兴起至少不晚于晋谢安时期。其一、新城濒临今仪扬运河，这条古老的运河开挖于晋永和年间（345－356），从那时起新城一带就成为江淮运口。新城南面至今仍有旧港这一地名，旧港就是古代的旧江口。《辞海》载，“步”同“埠”，水边码头的意思，“步丘”即滨水的高丘，与新城地理位置和地形地貌相仿。《资治通鉴》里所说的“安于步丘”极有可能是指这里。其二，新城建成时间很早，到宋元时期已经相当繁盛。这一点从古人留下的诗句可以印证，出生于南宋末、生活在元代的诗人贡奎写了一首咏新城的诗，其中有两句是“大舶连樯发，高楼列槛凭”，形象地反映了这一时期新城的繁华面貌。所以，元至元二十八年（1291），扬子县治由真州附郭迁移至新城。如果没有相当的城镇建设规模和繁荣的商业市面，是不可能将一个县城迁移到这里来的。据历代仪征县志记载，旧时新城街市、建筑物很多，有粮仓、米市、酒库、马场；四周有都天庙、真君庙、地藏寺、准提庵，还有著名的园林——白沙翠竹江村和康乐园。其中有的寺庵距今有近千年历史，如地藏寺建于宋建炎年间，明洪武年间重修，清顺治初复修，部分殿宇解放后还在。又如距新城南数里的准提庵也是宋代所建，庵中有老梅一株，一本五干，高出屋檐，花开时香闻数里，清康熙末枯死，四十余年后复活，花开如故，世人称之为返魂梅。清太傅、仪征籍人阮元专门为准提庵题额：“宋返魂梅花观”。新城历史上值得说的事还很多，仅从以上介绍就足以证明它是一个千年古镇，说它是晋谢安所筑并非空穴来风，而是有一定依据的。清代集大官大儒于一身，学问渊博、著述宏富、治学严谨的阮元在《淝水诗》中也有句说：

邵伯也有邵关在，今湖古海后为先。

谢安后裔仪征籍，新城留有康乐园。

元代扬子故县地，我识明哥桃埠源。

他将谢安后裔与仪征新城巧妙地联系在一起，是不是暗示仪征新城为谢安所筑呢？他毕竟是那个时期"一言九鼎"的人物，对历史上尚有争议的事出言当然是很慎重的。是否如此，这只是我们的猜测。

新中国成立后，古老的新城镇又焕发了青春，尤其是 2000 年十二圩镇和龙河乡并入以来，南抵长江，北接白羊山下，总面积扩大到 95.01 平方公里，人口 6.64 万人，成为紧邻仪征市区东郊的重镇。镇区位于仪扬运河之畔、宁通高速公路的两侧，正在建

座落在新城境内的上汽集团仪征公司推出的最新车型——赛宝车

设中的宁启铁路横穿东西，由长江之滨为起点、邗江曹家铺为终点的圩曹公路纵贯南北，与扬天公路相连，尽占水陆交通之利。境内有上汽集团仪征汽车有限公司的生产基地，以及有制造5万吨以上船舶能力的“长航”集团金陵船舶有限公司。台资秬阳食品工业园已经投产，市经济开发区的汽车工业园和规划中的食品工业园也落户镇内。素有“鱼米之乡”、“建筑之乡”的新城镇，现在已形成以农业为基础、以工业为主导、第三产业蓬勃发展和社会各业齐头并进的格局，经济迅速发展。2001年全镇实现经济总产值12.5亿元，人均纯收入3149元，人均居住面积35平方米以上，基本达到小康水平。

集镇建设步伐很快，围绕西连仪征城区、以老仪扬公路为轴线建设十里长街的目标，先后兴建了6个住宅区和3个商住小区，每年吸引300多农户进镇建房购房。新城镇继1999年被评为江苏省重点中心镇后，2001年又被评为江苏省文明镇。

附：与盐业共兴衰的十二圩

一提到十二圩这个名字，就知道它一定在长江之滨。是的，十二圩是距仪征市区以东仅10里的沿江重要集镇，曾经辉煌近五十年，被誉为“食盐之都”和“小上海”。它本来是长江冲积淤涨的沙洲，名普新洲。人们在沙洲上分框隔圩，垦荒种地，大概这是第十二个筑起的圩子吧，所以就叫十二圩了。

十二圩之所以从一片芦滩、些许农田成为俨然一都会，有两个因素：一是具有自然条件和区位优势。这一带地势开阔高爽，江岸不坍，对面为江中的

地处十二圩江边的金陵船舶有限公司

礼祀洲，夹江之间面宽水深，水流平缓，便于大船停泊，且处于仪扬运河旧江口（旧港），与运河相通，利于盐驳船能经仪扬运河往来。二是当时的社会经济形势使然。当时，淮盐运销湘、鄂、皖、赣各省均需经长江转运，仪征县城由于道光末年就因天池和河道淤塞，失去转运港口的条件，负责转运的机构淮盐总栈先移泰州，再移瓜洲，而瓜洲江岸又不断坍塌，难以为继，盐政李宗羲和盐运使方浚臣经过实地勘查和综合分析，才议决将总栈由瓜洲迁到仪征十二圩，使仪征淮盐转运再度振兴。

淮盐总栈由瓜洲迁十二圩后改名为仪征淮盐总栈，随总栈迁来的还有淮南监制同知署、淮南盐引批验所，以及楚盐、西盐两个查舱局等盐务机构。总栈级别相当于知府，比仪征县衙门要高。现今扬子中学是总栈所在地,从中学现存古门楼仍可看到当年总栈的气势。十二圩成为淮南盐运的中转站后,平均每年从淮南盐场经过盐河、仪扬运河运到十二圩的盐约40万引、2亿4千万斤左右。按照规定,淮盐到十二圩必先码堆储存,然后才分期分批拆捆、分包,装上江船运到湖南、湖北、江西、安徽四省。加上历年堆储,十二圩正常储盐在十亿斤以上。大量的淮盐转运、装卸需要大量的劳力,盐场上工种有过浦、上河、大扛、小扛、施秤、添减、捆工、堆工、插工、站场、清盐、绞包、计筹、盘堆、看堆等几十个,直接从事盐务的劳工约5万人。除此,还有每天到盐场做临时工的四乡农民,每天黎明之际,总栈里一声炮响,几十米高的旗杆上立即升起兰底白字的"图"(即盐)字大旗,十里外都能听见、看见,新城、朴席、龙河一带农民便纷纷赶来做工。

从此,十二圩从一个沙洲、芦洲、芦滩迅速成为江边大镇。一条长街从头帮(今十二圩翻水站以西)到尾帮(今弓尾),长达数里。中段人口最为密集,除官街外,还有横街、前街、后街、栈前街、栈后街、小街、套子街、阴阳街、中新街、安益街、利运街等多条纵横街道。水上帆樯林立,岸上房屋栉比,水陆常住人口多达十四五万人。

专用于装载盐包上船的江岸码头,最繁盛时有30个左右,头帮有杨家和金凤楼码头;官街有大兴、中镇、衡山、潇湘、安益和湘乡码头;尾帮有如意、盛湘、洪都、吉安和江西码头,规模大的当数西门、中门和东门码头,以及后来在镇东新建的新东门码头。

新东门码头架设栈桥,铺设铁轨,小推车可以沿轨道将盐包从堆场直接送到江边，装上江船。正常情况下，十二圩江面停船达二千余艘，船工水手二、三万人，都来自上江各个口岸。他们为了维护自身利益，成立同乡会，建立会馆，大同乡会下有小同乡会，人们习惯地称十八帮，其实远远不止。据老年人说，湖南帮中有永州、衡郡、湘乡、长州等8个帮；湖北帮有襄河、楚黄、黄州等5个帮；江西帮有吉安、洪都等4个帮；安徽帮有皖桐、金斗等3个帮；江苏帮有江东、江淮及大小驳船等5个帮。每个帮都有自己的码头，上面提到的近30个码头分别为这些帮独有或共有。往往一船有事，全帮相助，大小帮抱成一团，为利益而争。盐业兴旺促进了工商各业发达和市面的繁荣。清光绪年间，十二圩便有了电话电报局、邮政所，远远早于仪征县城。民国十年(1921)左右，这里建起全县第一家发电厂。此外，还有为造船、修船服务的造船厂3家、木行5家、桐油店6家，为商家私人资金周转服务的钱庄5家、当典13家。至于为人民生活服务的行业则样样俱全，厂、商无数。米厂、粮油、布匹绸缎、南北杂货、酱园、茶食、茶叶、中西药房、瓷器、文具商店等等，大约有150多家。水火保险公司，中央储蓄会驻圩办事处，以及外商经营的大美烟草、南洋烟草、德士古煤油、鹰牌煤油和壳牌煤油等公司办事处，这些都是仪征县城和有些中等城市当时所没有的。

饮食服务娱乐业更为兴旺。有旅社五家，浴池5家，大小饭馆酒楼20余家。5家电影院、戏园、大舞台上映电影、京剧、扬剧，七八家茶馆常年有康重华、吴国良、王少堂等著名评话弹词艺人演出。

十二圩教育卫生等事业也很发达。在仪征最早办起初级中学。有红十字医院、官医局和私人开业的中、西医诊所近20家。还有施材(棺木)局、平民工艺厂、救生局、老人院、育婴堂、稀饭场等慈善机构。

那时的十二圩,五方杂处,百业兴旺。穷苦的盐栈工人、船民、水手为生活奔忙于岸边水上,终年难得温饱;盐商、大贾、达官贵人则挥金如土,消磨于酒楼戏院,沉醉在纸醉金迷之中。可是,这种盛况从清同治十二年(1886)只维持到民国二十年(1931)左右。此后由于实行新盐法,淮盐改为轮船海运,不再经十二圩中转,十二圩到盐日少,逐渐衰微,1937年日军侵圩后更遭破坏。纵观十二圩兴衰,兴也淮盐衰也盐。今日十二圩的地理优势和自然条件优越性更加突现,经过几十年沉寂和发展后,现在江岸又建起20多座船厂,随着长江沿岸开发和沿江公路的贯通,只要充分发挥优势,十二圩当能再现昔日辉煌。

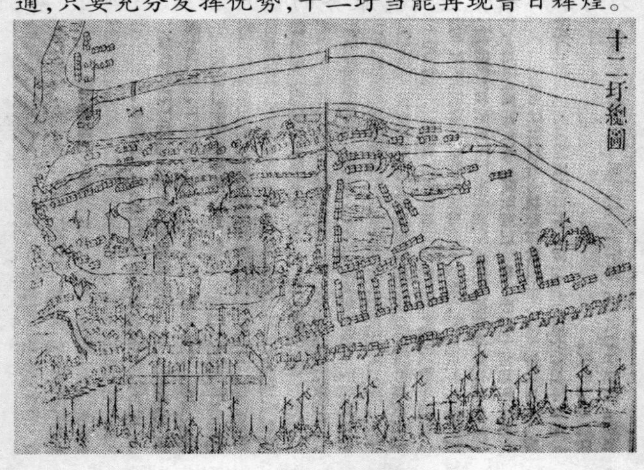

十二圩总图

由来人说小扬州
——历史上的陈集

晚清时期，陈集人林溥编撰《扬州西山小记》，以 141 首樵唱唱词，记述了清代晚期陈集及其周边地区的形势、古迹、名胜、人物、轶事、农事、岁时、市肆和嘲俗。其开篇就说：

西山自古擅风流，乔木森森綮戟修，
甲第极多商贾盛，由来人说小扬州。

这说明，陈集被称为西山小扬州由来已久。

据《扬州西山小记》记述，陈集原名大唐村，后改为孟家岗，明代初叶陈琰居于此，陈任过监察御史，故名陈御使集，简称陈集。由此可知，陈集是个古集镇，从称陈集至今也有 600 多年。陈集先属江都县，清雍正九年（1731），分江都置甘泉县，陈集属甘泉县。因陈集位置适中，扬州至六合、天长的官道皆经过这里，于是甘泉县将上官巡检司由天长上官桥移置于陈集，管辖扬州以西的十三集，使这里成了扬州西山的政治中心。

那时，陈集商店林立，市面繁盛。江甘食盐总店设于此，扬州西山各地食盐皆经这里分销。集上设有解库、典当数家。集上人家，不分大小，皆有临街铺面，布店最多，烟酒杂货次之，且多代销食盐，“列肆家家搭铺门”，“中间犹著卖盐盆”。还有茶馆、酒店，居民每天早上有上茶馆的习惯。各种牙行俱全，除陆陈(粮食)行外,鱼、草、猪、鸡行都有,尤以猪行为甚。养鸭是附近农民特有的副业,暮春季节开始养乳鸭,秋后到集上出售,由专业店铺加工成金陵板鸭,是当地特产。历史就是这样惊人的巧合,一百多年后的今天,陈集又成为鹅的集中饲养基地,由这里饲养的鹅加工而成的"扬州馋神风鹅"乃是仪征特产,行销全国各地。

陈集名胜古迹也不少,扬州西山的后八景,有五景在陈集及其附近。一名隋苑残霞。隋代的上林苑故址在陈集东二里许,清嘉庆年间,当地农民挖得古砖若干,砖上有烧制的"上林"二字。每当雪后初晴,晚霞满天,俨然唐杜牧"红霞一抹广陵春"的诗意。二名新庵霜树。陈集东一里许有慈荫庵,明嘉靖年间所建,清康熙间重建,故名新庵。庵内植紫竹数百竿,还有虬松、老梅、桂树若干,更有数百年生老槐、老桑各一,古干龙虬,繁枝密叶,每遇秋霜,满目丹黄。三名伏龙清梵。集西有伏龙丛云寺,殿堂轩敞,钟鱼琅琅,梵音袅袅。四名双龙观涨。集北头有双龙桥,桥畔疏柳成行,桥下蘋花秋来铺雪,积雨初霁,河水新涨,野趣盎然。五名腊山积雪。腊山(谢集捺山)在集西南十里许,陈集南街有待腊山房,窗对腊山,冬观腊山积雪如画屏,乃巧借之景。此外,还有天后宫、奎星阁、旧德祠等等。天后宫、旧德祠均为清太傅、仪征籍人阮元所建。阮元的母亲林氏是陈集人,阮元幼年曾随母读书于外祖父家;任浙江巡抚时,征安南海寇获胜,觉得自己出仕和打败海寇都是神的庇护,而童年读书又是在陈集的,于是在陈集建天后宫,并祀自己的母亲林太夫人。旧德祠亦是阮

陈集新街

元于清道光十六年(1836)建的,主要祭祀江都籍或与江都有关的名宦忠臣。撰写《扬州西山小记》的林溥即是阮元舅家的后裔,称阮元为表伯,所以他讲的这些事情大概是不虚的。

陈集的这些旧时风物,今已难觅踪迹。新中国建立后,特别是改革开放以来,陈集人已用自己的双手改变了陈集的旧模样,一个集政治、经济、文化等功能于一体的新兴集镇已初步形成。集镇呈"井"字型格局,新开辟了东升路,改建了江淮路、西山路和人民路,完善了供水、供电、通讯设施,实施了净化、亮化、绿化工程,集镇面貌焕然一新。128 个工业企业,形成了玩具、橡胶、机械、化工等 10 个门类的产品体系。农业产业化重点龙头企业馋神公司新厂区设在镇工业园区内,年加工风鹅 250 万只,带动了菜鹅养殖,除了农户放养以外,一年出栏 60 万只菜鹅的养殖基地已经建成。昔日的饲养乳鸭已被饲养菜鹅所代替,风鹅、风鸽和风兔已成为陈集风味特产。1999 年,陈集被命名为扬州市新型小城镇,又再现了"由来人说小扬州"的风姿。

千年古镇道大仪

位于仪征最北郊、地处两省四县(区)交界处的大仪是座古镇。据当地传说,大仪古名陵宣镇,因南宋名将韩世忠大败金兵于此,举行盛大庆功仪式,故改名大仪。传说与史实是有出入的。明代编修的《嘉靖惟扬志》记载,宋代已有大仪镇。当时江都县有三个建制镇,除瓜洲镇和扬子桥镇外,大仪镇即是其中之一。由此可知,大仪建镇时间应在北宋时期或者更早一些。南宋人李心传撰的《建炎系年要录》是记述宋高宗一朝(1127 – 1162)的编年史书,书中记述韩世忠大败金兵于大仪,原文如下:“世忠于是

大仪新街

引兵攻大仪镇，勒兵五阵，……”。这就是说，在韩世忠大败金兵，之前已有大仪镇了，而且这一胜仗就以“大仪”冠名，称“大仪大捷”，可以认定不是因战后举行盛大仪式而改为大仪的。发生在大仪的重大历史事件除被史家称为宋代“中兴武功第一”的“大仪大捷”外，还有一桩史事也是载入志乘的。宋太祖建隆元年(966)冬十一月，周淮南节度使李重进对赵匡胤“黄袍加身”称帝不服，据扬州反宋。宋太祖亲率大军征讨，曾驻跸于大仪镇东林寺。东林寺宋时名朱仙观，至清末尚基址广阔，柱础石狮等犹存，解放后为东林小学所在地。

大仪镇处于扬州至天长的中段，历史上是扬州往西的交通要道。宋代时，这里设有大仪驿和大仪铺，供传送官方文书的人在此交接和休息。扬州到天长有一条邮递线路，每隔十数里设递铺一个，其时江都境内有西门、大明寺、七里、席帽儿冈、九女涧、甘泉、故驿、营家店和大仪九个递铺，大仪铺是最后一个，也是与天长县的交接点。由于交通便利，区位重要，大仪成了扬州以西的政治中心。明清之际，县以下设巡检司，是军政合一的机构，一般都设在位置适中或要害之地。每一巡检司有官员一名，兵丁若干，既负责防务，又对周边集镇、乡村实施管理。明代以前，江都县境内设七个巡检司，大仪巡检司是其中之一，负责管辖扬州以西各集。20 世纪二三十年代，国民党江都县第九区(后改为八区)区公所设在大仪，驻陈集的巡检司改为警察局后亦移驻大仪。扬州以西北自赤岸、南至谢集、东起古井、西至移居的共 20 个乡都归九区管辖。抗战爆发，日军侵占扬州后，在大仪设立据点，企图控制天扬公路。中国共产党领导新四军在这一带先后建立湖西办事处、甘泉县、大仪区，与敌伪展开针锋相对的斗争。抗日战争胜利后，甘泉县民主政府曾迁到大仪镇办公，淮南银行大仪支行和利华贸易公司也设在大仪街上，大仪又成为扬州以西的政治中心。

大仪的商业十分兴盛。这里的牛市与徐州、丹阳并称江苏三大牛市，鼎盛时期，逢集上市交易的牛有千头以上。大部分牛来自安徽明光、盱眙（时属安徽）、来安、天长等地，商贩买下后销往扬州、镇江、丹阳各地。每逢一集，来往客商前后要留住三天，带动了其他各业特别是饮食服务业的兴旺。粮食市场不亚于牛市，镇上有陆陈行近 20 家，摆匾五六处，旺季每集有几千担粮食上市交易。布店、饭店、茶食店、杂货店、百货店、银匠店等布满街的两侧，单国药店就有 6 家；鱼、猪、鸭、骡马等市、行俱全，人气之旺冠于周围各集镇。大仪的草炉烧饼，松、软、大、香，牛肉名闻远近。

大仪镇上的“炸牛”风俗历史久远，影响颇大。所谓“炸牛”，就是每年农历腊月三十晚上吃过守岁酒后，家家在门前烧草把，火光冲天，明如白昼，以小孩为主的人们涌上街头，看谁家的火势最旺，火堆最高。烧下的灰烬，规定由乡下农民于正月初一清早上街打扫，倒进水里，不准用于垩田。据说，此种特殊风俗延续了近百年，至抗战爆发才逐渐不存。

大仪境内除有青墩、殷墩古文化遗址，还有隋苑、放萤苑、得胜山、凤止岭、东林寺、三义阁等，如今只有得胜山、凤止岭尚有遗迹，其他都已不存。

大仪古街

回顾历史是为了开辟未来，解放后，大仪先后是区、乡、镇所在地，一直为仪征北郊重镇。大仪镇总面积 107.6 平方公里，是仪征面积最大的镇，从原来只处于扬天公路一线而变成扬天和仪菱（高邮菱塘）公路交汇点上；改革开放以来经济和集镇建设都取得了重大进展。2001 年，全镇实现经济总量 77224 万元，其中工业产值 42500 万元，占 55%。有各类工业企业 260 家，形成了长毛绒玩具、鞋帽箱包、电子器材等支柱产业。大仪镇有仪征市现查明的独有的石油资源，大巷油田的 31 口油井，年产原油近 3 万吨。风鹅、牛肉是大仪的特产，曾获江苏省食品博览会金奖。集镇建设步伐很大，以扬天公路、大铁南路、大铁北路、古镇路、经一路、大巷路和兴仪街构成的三纵三横集镇格局已经形成，占地面积达 42.42 公顷，基础设施配套齐全。文化、教育、卫生、娱乐设施完善，商店林立，还开辟了为长毛绒玩具产前产后

长毛绒玩具生产车间

服务的专业街市。1998 年全省命名了 222 个“省新型示范小城镇”,大仪镇是其中之一。

遗迹寻踪

盛成故居

神墩商周古文化遗址

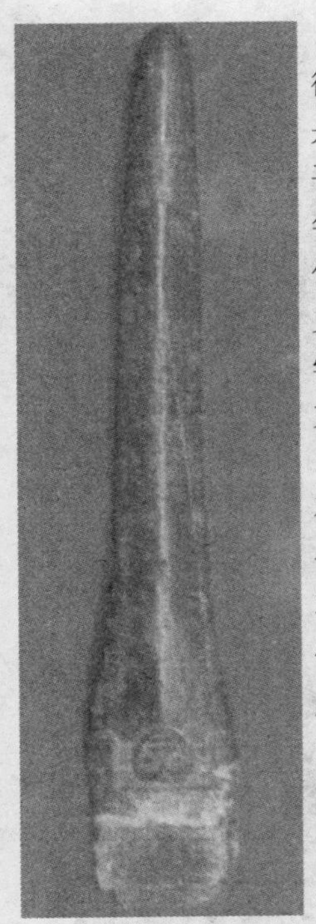

青铜戈(商)

神墩商周古文化遗址在仪征市陈集镇丁桥村高塘坝东边，是一个圆形高台地，占地近一万平方米，文化层厚达五米。1973年开始发现，1987年列为市文物保护单位。1995年南京大学历史系考古教研室进行第一次科学发掘，1999年3月16日《中国文物报》头版作了专题报道。

这个遗址初期出土的有细石器斧、锛、环等器物，1995年第一次科学发掘时，揭露出成片的草木泥墙房屋和红烧土地等居住遗址，上层达到战国文化，下层是商文化，其中出土的麋鹿骨戈为全国文物考古首次发现。此外，还发现了铜器作坊遗址，出土了铜箭镞以及成组的陶器生活用品。这一遗址是江苏现存保护完好的商周文化遗址，也是苏、皖、鲁、豫地区夏、商、周文化的一处重要的考古科研基地。

刘集联营秦汉墓群

刘集秦汉墓群是一处以秦文化为主体的十分重要的墓葬群,1994 年发现。墓群以刘集镇联营村赵营组为中心,分布范围近一平方公里。对暴露的墓葬已清理过 6 座。这些墓早的为近战国中期,晚的为西汉初期。1998 年 4 月 26 日《中国文物报》头版作了报道。从墓葬中出土的文物很多,属于国家级的有原始瓷虎子、香熏、壶、鼎、玉龙佩、玉璃虎坠饰、镂空雕彩岑床、龙凤纹青铜镜和成组的高为 60 厘米的陶侍俑,风格造型在江苏秦汉文化中独树一帜。

刘集联营秦汉墓群吸引了众多历史研究和考古学者的注目,它对揭开扬州地区秦文化的面貌及瓷器产生、发展的轨迹,对揭开秦楚文化与吴越文化相结合所产生的社会文化面貌,具有特殊作用,是一处十分重要的历史社会学研究基地,有待于进一步工作,揭开谜底。

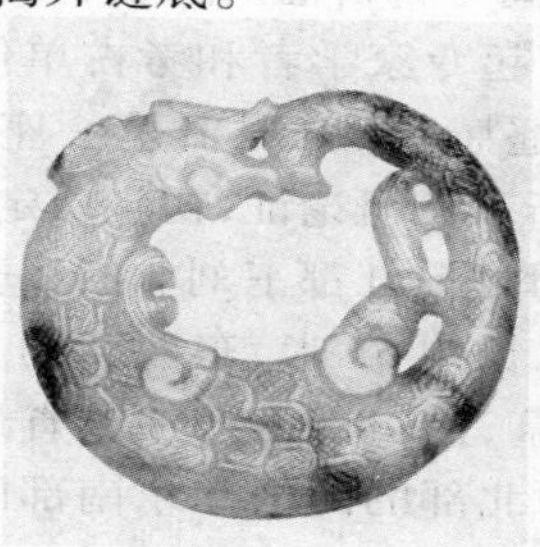

玉龙佩

提梁壶

庙山汉墓

庙山汉墓在仪征市新集镇东北，原来不见于地方志记载，清嘉庆年间编修的《仪征县志》才将其列入“山川”卷。因山顶有庙，遂称之为庙山。县志记述，山顶本有东西二院，西院早已毁了，东院犹在，嘉庆年间名“清凌山院”，大概是一座道观。嘉庆壬戌年(1802)春，山南赵氏人家出资修葺东院，在院内西房塑三茅真君像，在院外建土地祠。从此，多年颓坏、人迹罕至的庙山又香火旺盛起来，“朔望，肩舆、乘马而至者相望也”。人们称其为“小茅山”。据说，山上道观 1937 年因清剿土匪而毁于火，变成了废墟，至今尚见碎瓦残砾。

庙山汉墓是 20 世纪 80 年代后才被发现和确定的。1989 年，南京博物院和仪征文化局抢救性发掘庙山西北的团山古墓群中的四座，发现是王妃陪葬墓，并出土了不少有较高考古价值的文物，有两件是属于国家级的，从而引起专家学者和考古单位的重视。经过南京地震局遥感勘测，测出是一座古墓。专家们对出土文物分析和调研论证，初步认定，可能是汉武帝刘彻同父异母之兄江都王刘非的墓葬。墓状如覆斗，封土堆南北长约 55 米，东西宽约 40 米，为大型汉代土坑木椁墓，是目前已知江苏省最大的西汉土结构墓葬；其西北部的团山和东南部的周山分别为江都王妻妾和僚属陪葬墓。

庙山汉墓的发现,在国内外影响很大。中央电视台、《新华日报》、《中国考古学报》、《扬州日报》和《扬子晚报》等媒体均作过报道,国外刊物也刊发了这方面的消息。2002年10月,经省有关部门批准,被列入省重点文物保护单位。

庙山汉墓座落在丘陵起伏的山岗上,海拔47米。风和日丽之时,登上山顶,东可见扬州瘦西湖白塔,南可望镇江金山,山水形胜,交通便利,雪松、龙柏和茶园组成的绿化带环绕四周,优美的自然景观,每年春、秋二季都吸引来不少游人。人们期待着庙山汉墓的进一步发掘,成为自然景观与历史文化景观相结合的旅游景点。

庙山汉墓

天宁寺塔

天宁塔

天宁寺塔在仪征市区东南工农路与前进路十字路口东北，是仪征现存最古老的建筑。县志记载："唐景龙三年（709），泗州僧建佛塔七级以镇白沙，创永和庵于塔后。"这座古塔距今已近1300多年。永和庵在宋崇宁中（1104）复建，先名报恩光孝禅寺，政和中改为天宁禅寺，塔以寺名，人们习惯地称之为天宁寺塔或天宁塔。从那时起，塔与寺一道经历了若干劫难。宋南渡后，迭经战火，寺塔俱毁。明洪武初年重建，因而现在所见的砖木结构塔身，是标准的明代初期建筑，但有唐宋建筑遗风。清康熙二十三年(1684)，塔又焚，二十七年(1688)重建，后又相继毁于兵火、炊火。天宁寺塔本来高近70米，塔身外部为正八面形仿楼阁形，每层外部有木结构回廊；塔体内部为四方形，层层收缩，交错上升，有梯可达各层。塔的总体气势十分壮观，是人们登高远眺的佳处。历代本地和外地文人留下了不少登临诗篇。廖道南《登塔诗》云：

宝镜开名胜，招提隐化城。
回栏飞白日，复磴走元英。
二水浮沙渺，三茅鹤洞明。
参差万楼阁，天外落鲸声。

清代著名诗人王士禛游真州时，写下了《真州绝句》等纪游诗多首，其中《人日登真州天宁寺浮图怀李退庵侍郎》诗云：

踏阁攀林到上方，振衣千仞俯苍苍。
江皋骋望伤春日，人日登临忆侍郎。
枚叔才情传七发，楚臣清怨极三湘。
何时问疾来方丈，乞取天花作道场。

到了晚清，该塔再次被焚，已经无法攀登。由于地面增高，将塔座埋没，加之塔顶宝刹相轮烧毁，塔残高只剩47.2米。然而现在的塔身，仍然是江苏境内最高之塔。新中国建立以后，曾几议修复，近年又进行复查复测，拟定具体修复方案。2002年10月，天宁寺塔被列入省重点文物保护名单，修复进程有望加快。不久的将来，天宁寺塔将再现当年英姿，成为人们登临观光的重要景点。

讲天宁寺塔，不能不提与塔共存的天宁禅寺。

这座始建于唐、再兴于宋的古寺，虽屡经兵火，却屡毁屡建，到了清道光年间，已成为占地广阔，规模宏大的丛林，拥有山门、天王殿、观音殿、大悲楼、地藏楼、藏经楼及方丈室、僧舍等建筑。解放后，该寺被用作粮库、油米厂库房、厂房，寺内古建筑改建后已不复存在，历代主持僧人知道的人也不多。唯有一个普通的和尚了缘却在人们口中久传不绝，不仅因为他长寿，活了138岁，更因为他有许多传奇逸事。他在世时，人们不知道他究竟多大年纪，什么时候出生。若问他，则笑对人们说："我本无相，相非真我，诸君欲知相，非还欲指我。"他能以铜钱于百步外掷灭烛火，而不碰坏蜡烛。天宁塔顶上长了一棵树，眼看要挤坏塔顶，方丈对了缘讲过此事，几天后塔顶上树居然不见了。他负责开关寺门，寺外有些青年去试探他的力气，深夜把两只石井栏抬到寺院门前，堵住大门，了缘开门后，一只手臂套一个将井栏送回原处。他专干粗活，挑水种菜，扫院子，扫寺外大路，一天只吃一顿饭。了缘究竟武艺有多精，功夫有多深，力气有多大，人莫测高深。相传军阀孙传芳部下的一个师长住在寺内，要拜他为师，了缘摇摇手说他只会扫地，师长说就跟着他学扫地，了缘念道："扫地扫地扫心地，心地不扫空扫地，世人若把心地扫，管教处处皆净地。"师长听后顿悟，决心皈依佛门。

了缘和尚1938年中秋节圆寂以后，人们检点他的遗物，才从他的出家戒牒上知道他生于清嘉庆六年（1801），河北保定人，俗姓陈，法名果月，号展空，道光元年（1821）出家为僧，曾南游登封，参谒少林，习过术拳，得神秘罗汉真功。同治三年（1864）来仪征天宁寺，在仪征74年。遗体火化后，葬于新城北面天宁寺的祖茔，仪征耆宿鲍贵藻为其撰写碑文，刻碑立于墓前。这块碑至今还保存在文化部门，也属于这位传奇人物的遗迹吧。

天宁塔下的仓桥花苑

慧日泉

距仪征市区天宁寺不远处仪征粮库的院内，有一口井，井栏是整块青石凿刻，四大四小八面形，井栏外壁刻有“古慧日泉”四个隶书大字，是宋代大文学家苏东坡所题。

宋神宗元丰七年（1084）四月，苏东坡谪居黄州五年，辗转北返，七月到金陵。在金陵期间，他由金陵太守王胜之等人安排，与第二次罢相、寓居半山园的王安石相会，两位曾为政敌的故友尽释前嫌，重新建立起友谊。当时的真州太守是苏东坡的故友，派

慧日泉

苏东坡像

人到金陵请东坡到真州小住，并诚邀他定居真州。东坡到真州后给王安石写过两封信，其中一封信写道："其始欲买田金陵，度几得陪杖履，考于钟山之中。既已不遂，今仪真一住已二十日，日以求田为事，然成否未可知也。若幸有成，扁舟往来，见公不难矣。"原来，苏东坡打算定居真州，因东坡密友滕元发时任湖州太守，在宜兴为苏东坡物色了一块官田，劝他到宜兴定居，所以东坡改变了定居真州的主张。这是一件憾事。不过，东坡这次在真州还是留下了可贵的遗迹。他全家暂住州学（学校）之中，本人还在天宁寺后楞迦庵写光明经。庵的隔墙院内有一口井，东坡"遐日酌水品之，喜其清甘，故题井名为慧日泉"。由宋至清数百年间，凡到仪征来的文人墨客，无不慕名而至，以饮慧日泉水煎茶为赏心乐事。清代著名诗人王士禛游仪征时，天宁寺僧慧博邀请他到寺内，"试泉烹茗"。王在一诗中写道："自怜五载真州客，初试东坡慧日泉。”直到清末，民间还有人在井旁开茶肆，以慧日泉水招徕客人，茶肆亦以泉而享誉城厢。此井至今犹在，市区未通自来水前，井水一直为周围居民饮用。我国著名宋史专家、苏轼研究会副会长、东北师范大学教授颜其中建议，全面保护苏东坡在江苏的名胜古迹，他说：“在仪征，要宣传苏东坡与仪征的关系，把东坡亲自题名的‘慧日泉’列为旅游景点。”（见苏泽民《苏东坡在江苏》前言）颜先生的建议，仪征市政府旅游部门正在积极考虑实施。

除慧日泉外，苏东坡在真州的游踪还有多处。他这次在真州时游览了一些园林，游览县东范氏园时，曾作《溪阴亭》七绝一首：

白水满时双鹭下，绿槐高处一蝉吟，
酒醒门外三竿日，卧看溪南十亩阴。

苏东坡第二次到真州是在宋哲宗绍圣元年（1094）。这次是在接二连三遭贬过程中乘船到真州的，六月刚到真州，又接到削去左承议郎、远徙惠州的贬谪令，不便久住，只带22岁的三子苏过、妾朝云和两个女仆匆匆上路了。

苏东坡第三次到真州是在宋徽宗建中靖国元年（1101）。这次他获赦从流放地海南北归，途中接到朝廷同意其“任便居住”的命令，于五月初来到真州，等候儿子苏迨从宜兴来接。此次在真州约40天左右。此时，北宋的另一位大书法家米芾正在真州任江淮荆浙等路制置发运司管勾文字之职。米芾的家定居于润州（今镇江），东坡来时米芾大概因事在家，苏东坡北归途中及到了真州以后一连给他发了好几封信，讲到自己仍住在船上中暑生病、夜不能寝、坐饷蚊子的苦状。米芾立即赶来要东坡搬进真州东园，两人相聚10多天，留下了米元章为苏东坡送麦门冬饮子、苏东坡以诗酬答的佳话。诗云：

一枕清风值万钱，无人肯买北窗眠。

开心暖胃门冬饮，知是东坡手自煎。

这首《睡起闻米元章送麦门冬饮子》诗，曾被后人刻于东园请宴堂。

苏东坡一家连仆人近30人，无法在真州长期停留，在东园未住几天，没有等到身体完全恢复，就拖着虚弱的身体于六月十一日离开真州东行，六月十五日抵常州，七月二十八日病逝。米芾闻噩耗悲痛不已，作《苏东坡挽词五首》悼念故人。

两位大诗人、大书法家在真州短暂相会，谈诗论艺，切磋书法，成为中国文学史、书法史上的一段佳话。苏东坡留下了九封信、一首七绝，米芾留下了五首七律及《紫金研》法书等，成为我国文学、书法宝库中极珍贵的资料，也给仪征的历史增添了光辉。

鼓楼

鼓 楼

鼓楼在仪征市区国庆路中段、仪城河北侧，其位置为宋乾德年间所筑建安军城南门——宁江门。南宋嘉定九年(1216)，因真州“富民繁会，居城南者十倍城中”，开始扩城，陆续筑东西翼城。明洪武初，连东西翼城筑南城墙。经过170多年，建安军城扩建才真正定型，宁江门由此踞于城区中心。成化二十三年(1487)，在原拱门通道的高台基上建鼓楼。楼面阔三间，两层，为带回廊的重檐九脊歇山顶式木结构建筑，屋面铺筒瓦。底层墙壁嵌有碑记两方，一记嘉靖甲申年（1524）鼓楼被辟关王祀祠的情况，一记嘉靖四十四年（1565）倭寇侵犯我东南沿海的史实。室内有楼可上，登楼四顾，市区景色尽收眼底。

新中国成立后，鼓楼经过四次（1963 年、1974 年、1985 年和 2000 年）大修，基本恢复本来格局。2002 年 10 月被批准列入省重点文物保护名单。现在的鼓楼正处在新辟的城河景观区中心，与城河及其北岸步行街仿明清建筑和草坪、绿树，交相辉映，已成为人们登临、休闲的好地方。

鼓楼步行街

周太谷墓

在仪征市青山镇西长江之滨俗称龙山头的至高处，有一座设计颇为独特的墓葬，墓体为上有穹顶、下有底座的园柱体，祭台为方形，祭台的墓碑上书有“周太谷先生之墓”。它是新墓却原来是古墓，它原来是两座墓现在却成了一个合葬墓。周太谷与儿子周少谷合葬墓原在青山陡山，周太谷仪征籍传人李晴峰墓原在青山紫泥洼。1983 年，因仪征大化纤厂建设需要，仪征县人民政府将两墓迁建，合葬遗骨于龙山头。这是仪征境内颇有历史文化价值的墓

周太谷墓

葬，墓主人曾经创立一个重要的学派——太谷学派，从清朝嘉、道年间到民国建立以后，赓续不断，在中国学术界具有相当的影响。

周太谷原名谷，太谷是他的字。据考证，周太谷为安徽池州人，生于清乾隆二十七年(1762)左右，卒于道光十二年(1832)四月。周太谷以儒家思想为中心，同时吸收释典、道藏中的一些理论，自成派别。提出“希贤、希圣、希天”，“立功、立言、立德”的奋斗目标，要求“穷则独善其身，达则兼济天下”，反对封建土地所有制，主张“富而后教”，以养民为本。因创始人是周太谷，现代学者把它取名为“太谷学派”。学派采取口耳相授的讲学方式，历经数传，延绵百年，徒众万余人，遍及大江南北，扬州、泰州、山东黄崖是其主要讲学地区，影响较大。范文澜、章士钊、马叙伦、卢冀野等史学家和学者都曾试图考证和研究这个学派的情况。1986 年，泰州市图书馆公布了数十种太谷学派手抄著作目录，江苏省社会科学院文学研究所研究员陈辽 1992 年著《周太谷评传》。同年，江苏省举行太谷学派研讨会，研讨会从泰州开始，经扬州停留，最后在仪征结束，与会者到青山谒太谷墓。周太谷的两位传人均为仪征人：

张积中，字石琴，江苏仪征人，清嘉庆十一年(1806)出生于甘草山张庄，出身望族，读书勤奋，学业优异。清道光年间，与表弟李光炘同到扬州师事周太谷，成为太谷学派的两个传人之一。咸丰七年(1857)，张积中携家眷到山东肥城、长清两县之间的黄崖山定居讲学，从者甚众，率全家上山的有几千户。张积中实践太谷学派主张，建立政教合一的村庄组织，土地、财产共有，且耕且读。建文学房与武备房，用以接待远方来客。并在肥城、济南、东阿、潍县等地开店经商，获利补助办学。同时，开药店数家，以济穷人，周围府县百姓称张积中为张圣人。同治五年(1866)十月，山东巡抚阎敬铭认为张传教谋乱，调兵围剿，张积中与门人不屈，引燃火药集体自焚，遇害者达两千多人，造成冤案。张积中不只是个学问家，而且也是个诗人，现存著作19种。

李光炘，字晴峰，号平山，晚号龙川老人，仪征人，清嘉庆十三年(1808)出生于甘草山李营，为当地望族。15岁入邑庠，21岁当了廪贡生。24岁与张积中一起到扬州拜周太谷为师，成为周太谷另一个重要传人，二人被派中学人尊为北宗和南宗。李奔走于两广、山东、江西、武昌、杭州达十多年，广结各方人士，谈学论艺。道光二十年(1840)，家乡遭受水灾，他变卖家产救助灾民，自己仅留几间茅屋，日常生活都很困难，仍怡然自得，赋诗说："箪瓢陋巷好生涯，石上藤萝映月华，说与断炊浑不管，自扶残醉看梅花。"门人弟子集资在江都宜陵为他建造几间房屋，供他讲学居住。"黄崖教案"发生、张积中被害后，李为躲避搜捕，年近花甲，流徙如皋、东台、泰州等地，坚持讲学不辍。光绪十二年(1885)农历十一月初三日病逝于泰州，享年78岁。同年葬于青山紫泥洼，1983年迁葬时与周太谷同穴。

李晴峰留下的著作不多，后人搜集、整理其生平著述，成《李氏遗书》、《龙门草堂文集》、《龙川诗抄》等八种。有些著作体现了李光炘在一些重要问题上的学术思想。

盛母盛成墓

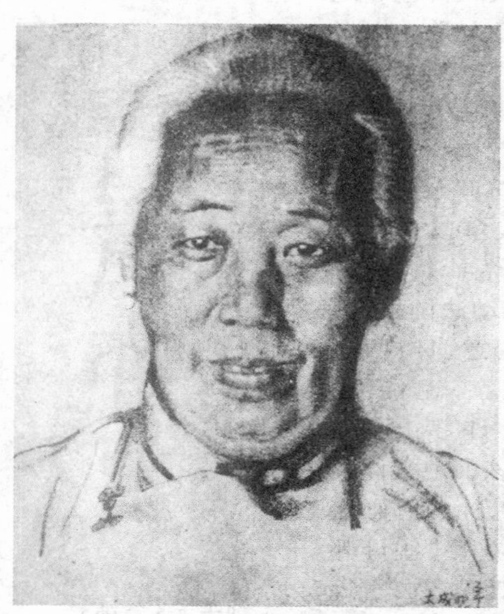
盛母像

仪征市青山镇的东北有一处盛氏墓地，其中安睡了两位名人，一位是盛成的母亲郭氏，另一位便是集学者、作家、教授和社会活动家与一身的世界文化名人盛成。盛母郭氏，生于清同治十年（1871），卒于1931年，1932年葬于青山。盛成于1996年12月26日在北京辞世，享年98岁。1997年1月15日，按照盛成的遗愿，仪征市人民政府葬盛成于盛母墓旁，让这位终生颠沛流离的世纪老人魂归故土，静静地躺在他深深挚爱的母亲的怀抱。

盛成于1928年在法国巴黎大学任教期间，用法文创作传记体长篇小说《我的母亲》。这是一部文风质朴、行文嵚奇、情真意切、气度恢宏、充满民族特色和地方风情的传记文学。作者娓娓地讲述了一个旧式家庭的故事，通过一位普通的中国妇女勤劳、抗争、谦逊、朴实的一生，向世人展示了中国自鸦片战争以来半个世纪的历史画卷。《我的母亲》问世后，震动法国文坛，被译成美、德、意、日、西班牙等16种文字，遍传欧、美、亚、非等许多国家。1935年7月，该书中文译本在上海出版时，徐悲鸿画盛母像，章太炎题签“盛母郭太夫人”，马相伯、齐白石等五人作像赞。盛母因此传遍海内外，也成了世界名人。盛母墓和盛成墓是仪征土地上近现代史的文化遗址，只不过其价值还不为大多数人所认识，随着时间的推移，将逐步显现出来。如果以天宁塔下盛成故居为起点，以扬子公园盛成广场和盛白沙纪念碑为过渡，以青山盛母、盛成墓为终点，着意经营，积极开发，将是一条很有仪征

郭太夫人墓碑

盛成墓

风情和思想内涵的、自然景观与历史文化景观相得益彰的旅游线路。

城南大码头的古迹

古城仪征城南南临长江，为旧时江、淮、河三水汇集处，是仪征的天然门户。这里河汊交织，港口众多，为水陆要冲，曾是苏北重要货物集散地，故有“大码头”之称。独特的地理条件，创造了无限商机，自古商贾云集于此，店铺鳞次栉比，各地办事会馆众多，是旧时仪征商业贸易中心，可谓富甲一方。千百年来，这里景物秀丽，民风淳正，引来历代文人墨客赞美的诗句。“真州城南天下稀，人家终日在清晖。长桥渔浦晚潮落，曲港丛祠水鹤飞。”（清代著名诗人王士禛诗句）。城南无愧为“风物淮南第一州”的一块宝地，至今仍留有不少古迹和遗址。

都会桥

都会桥是建在南门外迎江河上东西走向的单拱石桥，相传建于唐代，旧时进出仪征的船只必经桥下。苏南水乡的石拱桥总给人一种玲珑、剔透的印象，而仪征的都会桥则显得苍雄、厚重。巨大的青石板圈成桥内拱，古铜色的花岗石构筑桥身，上下共60级台阶，每阶长6米，宽70公分，高15公分；桥顶有宽2米多的休息平台。桥身上方北侧建有清一色小瓦门市房多间，设有7家店铺，桥上有屋，更增加了桥身高大、浑厚的视觉感受，其建筑风格在众多石拱桥中是不多见的。

登上桥顶，向南眺望，远处巍巍南山，涛涛长江，无际芦荡，万顷绿洲。近处河港密布，百舸争流，炊烟四起，牧歌阵阵。一切似无言的诗，立体的画。在这里，你可以领略到小桥流水的静谧，然而你回眸东西，又会感受到闹市的喧嚷。都会桥将城南商会、都会、河西三条街贯通，形成远近闻名的大码头，为水陆要冲。这里商贾云集，老字号的店铺、茶馆、浴池、戏院，比比皆是，所谓“上海十六铺，仪征大码头”，可见当时城南之繁华。

都会桥上有个纸扎店。纸扎店紧挨桥中间，店内摆设颇具传统文化色彩，北面的透窗上方挂着蛋壳画的京剧脸谱，下方陈列着多种山水盆景，墙上布满精制的纸扎品。店内老人慈祥可亲，常赠送风筝等小玩意给孩童，孩童手拿赠送的风筝，嘴里含着糖葫芦，蹦蹦跳跳回家，儿时的梦，至今萦绕在脑际。

古老的桥留下了众多美丽的民间传说。其中有一则是说清朝一侠客名达五，不愿充当朝廷鹰犬，隐居此桥上。一日朝廷甘凤池寻得此处，见一孩童引火煮茶，手捏毛竹成丝点火，想必是高人之徒，遂跪在屋前求见。达不肯见，甘深跪不起，并发功跪出两个膝盖印。达见状大喝：“来者何人?”声在屋内，人已跃上桥畔水柳，踏柳枝而去，留下了来无踪去无影的故事。桥上两个类似膝盖印的坑是真，故事真假却无从考证。

都会桥作为仪征重要古迹历尽千年沧桑安然无恙，但 40 多年前却人为拆毁，如今只留下了遗址和人们的遗憾。

最后一个老虎灶浴池

仪征现存最古老的老虎灶浴池，原字号叫香水池，“文革”时改名龙江浴室，听老人们说他们祖父小时候就在此就浴。今天虽是桑拿浴、芬兰浴、冲浪浴等中浴、西浴流行的年代，但这老虎灶浴池仍沐浴着这一方市民。

“同沐一江水，分享四季春”。旧时老浴室的一副对联，至今令人们记忆犹新。城南原来茶馆甚多，而浴室就此一家。早上人们到茶馆吃早点，泡上一壶茶，细细啜茗，享受“皮包水”的清雅；晚上又浸泡在浴池里，消除一天劳作的疲惫，领略“水包皮”的惬意。由于老虎灶不停加热，池内蒸汽腾腾，躺在池面木栅上任其蒸熏，绝不亚于当今芬兰浴。池水中放置樟木，芬香又健体，五月端午节店主在池中放置菖蒲、艾叶，以示让浴客驱邪祛病，这些都形成了该浴室的独到之处。

百年老店培育出一大批优秀的服务人才，他们娴熟的服务技巧令人叫绝。一条毛巾在跑堂的手上能像表演杂技一样，要出多种花样，上水擦身时毛巾温度极高，收汗又舒适。捶背的敲声节奏分明，与跑堂的吆喝声汇成一首独特的交响曲。这里原来有一个陆姓捶背的，曾在扬州地区行业大比武中夺得第一名。

旧时在这里就浴的不乏一些拉黄包车、干苦力、做小买卖的，白天他们低眉顺眼小心翼翼，只有到了浴室才能舒展腰背，随意说笑，使得他们又成为一个相互关心、相互爱护的群体。有一个真实的故事：一位在此就浴了 60 多年、一辈子靠做小生意的浴客，每天洗澡必坐在20号位置上，众澡友戏称他“20号”。前年“20号”病了要洗澡，他孝顺的儿子在家中浴缸里放满了水，可他就是不肯脱衣，用手指指窗外。儿子明白他的意思，搀扶着他到了老浴室，众浴友见他如多年不见的老战友，把他众星拱月似的迎到了20号宝座上。他似乎又找到了感觉，利索地从怀中掏出一包香烟打了“一梭子”……这次洗浴后不久，这位老浴客就去世了，众老澡友伤心地参加了他的葬礼。

老街·旧宅·古井

老街、旧宅、古井是城南的一道独特风景，它经常引起城南人绵长的幽思……

相传原来的老街要比现在大得多，沿街除各种店铺外，间插深院大宅、亭榭台阁，延续数里。老人常说旧时是穿在河东街、吃在河西街，那是说河东绸布庄多，河西饭店等服务业多。据历史传说，太平军经仪征时，因“白字先生”误将绕

城南老街

城而过的“绕”字读成“烧”字，导致一场大火烧过仪征。这一传说不知是真是假，但仪征在旧时确实遭受过一次几近毁灭的劫难，城南当然也难逃厄运。现存的老街是在劫难后的废墟上重建的，呈“丁”字状，横为商会与都会街，中间由都会桥连接，竖为河西街。河东街却从此湮灭了，城南的老人们依稀还记得河东的一片瓦砾堆。重建的老街依然傍河，街道铺着长长的石板，石板下为下水道，流水淙淙作响。多年的车水马龙，使石板上留下深深的车辙印。各种店、宅排布两旁，为清一色小瓦乱砖墙，据说当时仪征瓦工砌墙的功夫堪称一绝。街一侧为河，筑有巨石排列的码头，来往商船在此装卸货物，这里是当时苏北物资重要集散之地，大码头地名因此而成。晚上到河边浏览，一轮明月高挂，水面银光闪烁，河内船桅上高悬的桅灯与天上的星辰相映，河岸边妇女在漂洗衣裳，摇橹声、捣衣声，汇成美妙的夜曲。

古老民居

“长安一片月，万户捣衣声”，大码头的夜色是美丽的。

大码头的旧宅，现存不多，但河西街有一宅较完整地保留了当初的风貌。该宅系民初所建，青砖、小瓦，前后五进，每进脊顶两侧用砖砌出吉祥字样，分别为“福”、“禄”、“寿”、“财”、“喜”。后两进由厢房从两侧连接起来，中间围出一个天井，这在旧时谓走马楼，廊檐上有“八仙过海”、“麒麟送子”等雕花刻板，刻工精细。从第一进到第五进，地平一进高于一进，称为步步高，其建筑风格颇具传统文化色彩。

状元井

旧时大码头河多井也多，街边有井，院内有井，屋内有井，从井栏上被磨出的道道深槽中，人们隐约能见其存在的久远。现存商会街的状元井，始于宋代，在其青石雕成的井栏上，有凸形达官贵人图案，不知是谁家出了状元，凿建井标榜自己，不过它倒是比牌坊有实用价值。它的井水一直源源不断地供街坊们吃用，直到有了自来水，这也算是这位不知名的状元的功德吧。

老街、旧宅、古井是古旧的，但它们共同养育着的人们，却都焕发着自己的光彩，这使得它们也亮丽了起来。

（此文系宋兆康整理）

大码头的古民居

记忆中的遗迹

——"真州道情词"解读

道情是我国流传已久的一种曲艺。民间艺人演唱时，一手抱一头蒙以蛇皮的竹筒（称渔鼓），一手执两片长长的竹片（称简板），边拍渔鼓，边击简板，发出"嘭、嘭、唧、唧"的和声，人们称其为"唱道情"。解放前，在城市里还见到"唱道情"的艺人沿街在商店前说唱，讨一点零钱糊口。仪征人朱晴初，曾用道情词介绍旧仪征县城及四郊的主要古迹和景观。据说词作于清末民初，词中所说古迹今已大都不存。现将这首道情词抄录于后，适当作些解释，让真州已消失的古迹留在人们的记忆里。

真州道情词

一

唱仪征　古真州　城中央　是鼓楼　天宁寺内塔难修　"资福禅林"多幽雅　奎光楼前月当头　城隍庙座落县衙后　梓橦墩"文光射斗"　学宫外一片芦州

二

出东门　过吊桥　东岳庙　殿宇高　十殿阎罗分衙道　挡军楼下仙人洞　一带溪河水滔滔　二郎庙前穿心过　桃花坞名人游玩　通真观学把丹烧

三

出南门　慢步游　走河西　到码头　都会桥下水悠悠　东边有座关帝庙　西有星沙看戏楼　城隍宫紧靠河边口　泗源沟通商巨埠　看长江水向东流

四

出西门　是荒郊　老虎山　羊肠道　喜童坟前牌坊高　“义烈大夫”追封号　万年桥口走一遭　人烟稠密真热闹　胥浦桥当年古迹　伍大夫仗剑奔逃

五

出北门　仔细看　双瓮桥　水已干　观音庵对保生庵　“蜀岗锁钥”圈门外　两旁大堆是坟滩　石塔寺紧在路旁站　北沙寺秋天红叶　虮蜡庙独立高岗

第一段，记县城内主要古迹。鼓楼、天宁寺塔本书已有专文。资福寺现为仪征市政府所在地。宋时这里是学宫，资福寺在今市人民医院附近。明代，学宫与资福寺互易，学宫迁到今市人民医院处。庙内有大成殿，门前有泮池（今仪征中学内）。明万历四十年（1612），知县欧阳照在学宫东南（仪征中学内）建奎光楼，楼为3层，聚山顶，可攀登，俯览全城。因年久失修，20世纪70年代被拆。梓橦墩在城东北的高丘上，宋东园拂云亭故址，后建文昌祠于上，故名文墩，有戏台，飞阁画廊，每年于正月演戏。台上悬一匾额为“文光射斗”，说明戏台亦文昌祠遗存。

第二段，记东门外古迹景观。东岳庙故址在今天宁化工厂，现已在西侧恢复重建。挡军楼（原为敌台，防止和抵挡敌人攻城的建筑）旧址在今泗源沟船闸附近。清顺治年间在挡军楼下建太平庵，传说楼下有仙人洞，可能与庵有关。20世纪70年代拓宽仪扬河，曾在此挖出大量砖石。桃花坞即真州八景之一的“东门桃坞”。二郎庙和通真观均在今新城镇境内。二郎庙即建于宋代的清源真君庙，供奉的赵昱，唐太宗册封其为勇将军，唐明皇加封为真诚王，宋真宗封为清原真君。通真观在今旧港附近，建成年代不晚于宋代，元代大修，清代的《粉妆楼》话本的许多故事情节，据说与通真观有关。

第三段，记南门外古迹景观。大码头、河西街、都会桥等本书有专文述及。“星沙”系指星沙会馆。晚清，十二圩为淮盐集散地，上江盐商于江边建有多座大型同乡会馆，如“衡阳会馆”、“安邑会馆”、“金斗会馆”等。星沙会馆位于大码头以西，为江西星子县和湖南长沙盐商合建，内筑有戏台，每年正月初二开始唱戏，直至二月初二，台上悬“飞阁临江”匾额。20世纪50年代初被拆除。

第四段，记西门外古迹。喜童坟在西门口今扬子公园内烈士陵园。传说所葬王喜童是戏剧《二度梅》中一个人物，坟前石碑坊刻的“义烈大夫”，据说是皇帝给王喜童的封号。近年从这座墓中出土的墓志铭证实，墓主为明王四溪，王曾在南京为官，解职后到仪征定居，并在此建西园，以花草自娱，死后被谥为奉议大夫。万年桥即今真州镇万年村，旧时较繁荣。胥浦桥原为架于胥浦河上的三孔石桥，传说桥墩石上有伍子胥当年留下的试剑痕迹。

第五段，记北门外古迹，主要为庵观寺庙。其中石塔寺不知建于何时，明万历年间重修，可知为一古寺。寺以塔名，石塔更早，建于南北朝时期。寺先废，塔存到新中国成立以后。塔高12米，5层6面，各面有高浮雕造像及题记，为仪征重要古迹，1971年“文化大革命”中被砸毁。塔基未动，现尚存部分石件，可恢复重建。北沙寺原为北山寺，前身是建于宋靖康初的崇因永庆寺，后徙于城内，元大德间徙还北山旧址重建，重新命名为北山寺。虮蜡庙在蜀岗之上，解放后犹存，后渐废。

恢复后的东岳庙

勅賜東岳廟

仪征市东岳庙，始建于南宋嘉定年间。历史上，曾受到明、清二代帝王诰封。旧制规模，以戏楼（前殿）、大殿、二殿为中轴线，两翼布局火神殿、都天殿、城隍殿、十王殿、寝宫、望江楼等，庙内主祀东岳大帝神君。惜于廿世纪六十年代被毁。

一九九七年，经仪征市人民政府批准同意恢复。

一九九九年元月，建成并开放前殿。

公元一九九九年元月立

山水园林

扬子公园

仪扬运河

仪扬运河东起扬州湾头，西至仪征泗源沟，长26公里，而在仪征境内东自乌塔沟西至江口只有17.7公里。在清代戏剧家、诗人孔尚任眼里，扬州到仪征是非常便捷的，“只隔芦花一夜风。”真州景物之所以与扬州相同，主要靠了这条运河。有了它，仪征才成了大运河的入江口，成了江淮都会，成了漕盐转运枢纽；也才有了从唐宋至晚清1000多年的繁荣兴盛。从某种意义上讲，仪扬运河是仪征的母亲河，如同大运河是扬州的母亲河一样。虽然从晚清到现在仪扬运河运输功能减弱了，然而它流经仪征东部平原圩区真州、新城、朴席3个镇，有状如鱼骨的南北主要支流6条，流域面积达316平方公里，既汇集东部各支河水入江，又能引江水进入各支河，浇灌平原和丘陵地区的农田，并可通行船只，是集防洪、灌溉、运输于一身的骨干河道。

仪扬运河开挖于东晋永和年间(345－356)，距今1600多年。它开始称古邗江通江水道，宋代叫真扬漕河、真扬运河，明清时叫仪真运河、仪河，民国时期又叫过古运河，1958年起称仪扬运河。千百年来，为保证漕盐运输通畅，历代劳动人民曾经付出了许多汗水。据史料统计，由宋至清对仪扬运河较大规模的疏浚治理即有67次。大旱水枯之年，甚至用水车向运河车水以提高水位。清道光《仪征县志》就有这样的记载："宋宣和二年真扬漕河涸，车畎浍以济运舟。"到了明代，做过吏部尚书、文渊殿大学士并以诗著名的李东阳（1447－1516年）在"扬子湾"一诗中也记述这样的事，诗稍长些，但从中可以想象天旱河涸、舟船拥塞、牛拉绳缆的窘境和千百人车水济运的宏大场面，以及劳动人民的辛劳，现将全诗抄录于后：

扬州久枯旱，河水缩不流。
千夫力不强，曳缆用巨牛。
漕舟百万斛，拥塞如山丘。
将军令不行，士卒蹙额愁。
跻攀不可上，安能问归舟。
民船及贾舶，琐琐不是筹。
谁为水车计，转汲春江头。
微涓注钜壑，岂足裨洪流。
须知此天意，亦得参人谋。
坐视固非策，烦躯转为愁。
亢阳亦终复，理数亦可求。
庶几沛甘雨，洗我苍生忧。

岂止是用劳力与淤塞作斗争，人们还运用智慧和创造力，在河道筑堰坝、建闸门，以提高运量，加快运输和减少运费。唐时有平津堰，"泄有余，防不足"。宋时，改堰为闸，建通江木闸。明清之际，先后建造了清江闸、广惠桥腰闸、南门潮闸，以及罗泗、通济、响水、东关闸。宋太宗雍熙年间（984－987），在真扬运河上建造的斗门和稍后建造的复闸，是世界上最早的船闸。这座船闸有斗门二，"相距逾五十步，复以厦屋，设悬门，积水候潮平乃泄之”。“引方舰而往来，随平潮而上下，自是立身往来无滞”。在这以前，每船载运粮食仅 300 石，过堰时还需用大量人力盘驳。建闸后，每船载重增加至 400 石至 700 石，最多时达 1600 石，也不需人力盘驳，每年减少堰兵 500 人，节省费用 250 万。这在当时来说是先进的，至少早于欧洲荷兰运河上出现的类似船闸四百年。

到了民国时期，仪扬运河由于长期失浚，淤塞严重，夏秋大水时只能通行小船。解放后，政府发动群众对仪扬运河进行了 10 次整治，累计挑土达 650 万方。不仅固堤、浚深，有的河道还拓宽，裁弯取直。石桥沟至江口还重点疏浚，建了泗源沟节制闸和船闸。全线通航能力达 300 吨位，排水能力每秒 450 立方米，担负着 37.5 万亩农田输水灌溉和 23 万亩农田的排水任务。近年来，十二圩翻水站修拓和土桥翻水站的兴

仪扬运河

建，更使仪扬运河功能大增。如果全市以60万亩农田计，仪扬运河在全市农业生产中灌溉和排水的作用之大，则不言自明。

历史上的仪扬运河，尤其是出东门至新城一带，是人们水上或陆上游览观光的好去处，真州八景之一的"东门桃坞"就指这一带。每到春天，踏青游春者络绎不绝，"沿堤十里谢公城，千万桃花无限情，才过一丛花下立，又看前路众花迎。"再请看仪征籍经济学家厉以宁早年写的《仪征新城途中》所描绘的水乡风景："桨声篙影波纹，石桥墩。蚕豆花开，一路水乡春。长跳板，小河岸，洗衣人。红衫绿裤，都道是新婚"。现在，仪扬运河两岸是沿江平原圩区，是全市最富庶的地区。放眼望去，绿野满平畴，港渠水自流，烟笼绿树里，处处小洋楼。若开发运河沿岸风光游，定会受到久居城市的人们欢迎的。

仪扬运河入江口

仪城河

仪征濒临长江，东有仪扬河，西有胥浦河。旧时，古城四周为宽阔城河环绕，南门外从泗源沟至沙漫洲的沿江地带，漕盐运输进出的古河道与新河道纵横交错。城内两条东西向而又平行的河道纡回曲折，贯穿全城。整个城厢不亚于江南水乡。城外通江河道，水系变化频繁，难以详尽描述，这里先说说城内的河道。

说城内河道，不能不说现今横贯市区的仪城河。它过去是城内河道的主干，历史久远。南宋乾道四年(1168)，郡守张郯修筑建安军旧城时，在城四周开凿深八尺的城壕，现今仪城河的前身就是建安城的南城河。嘉定年间，建安军城两翼向南扩展。明洪

仪城河

武初年第二次扩城，合东西两翼为完整的城墙，原建安军城南门宁江门今鼓楼所在地，便成了城市的中心，南城河也成了城内河道。明万历元年(1573)，仪征知县唐邦佐对城内河道重新规划，浚旧凿新，从此城内形成两条河道，《县志》称之为市河。两条河与城外江淮相通。一条即今仪城河前身，由东门水关引淮水(仪扬河连接京杭运河并与淮河相通)入城，绕泮池西行，再转向北，到达城西北角县署之西。河上由东向西有鼓楼桥、珍珠桥、通县桥等，近西门一带还有双桥。一条自南门水关引江水入城，沿仓巷南东行，与上一条河相交于东门城内，然后向北，再西折到梓橦墩之南，河上有通府桥和水绿桥。两条市河均东西向且基本平行，其间还有一条河南北相通，河上由南向北有仓桥、天宁桥和单家桥，现在市实验小学与油米厂、天宁粮库之间实小操场的西边，还能隐约看到它的遗踪。两河相交，环绕纡回，流遍全城，给县城增添了无限活力，给人民带来巨大福泽。"凡百货及民间日用之需，皆藉载于舟楫，无烦负载之劳。遇有风火不虞，则赖以救焚。城内井水水咸，有此可免远汲。东北一隅瓜园菜圃，又得藉灌溉而得食用，种种利益民生之处，难以枚举。"如果乘船于碧水绿树之间，轻篙小橹，可游遍全城，并能到达东门桃坞和西南之西溪。

从明万历至清康熙年间，由于年深日久，市河逐渐淤塞，绝源阻流，仅存河道故迹。每逢经旬阴雨，街巷几成泽国，若遇回禄之灾，庐舍尽成灰烬。城中百姓深感无河少水之害，绅商市民纷纷要求捐资挑浚。康熙五十九年(1720)，知县李昭治主政，接受民众倡议,动工先挑浚西北一段。这一年仪征岁熟年丰,乡试报捷,全县11人中举。官员百姓皆相信“水通则利而阻则害”的风水之说,以为是天人感应,是疏通市河带来的吉利,于是更加踊跃捐资投工。参加挑河的民工披星戴月,不避寒暑,终于让市河恢复了生机。这可以从当时的诗文得到印证。生当雍乾时期的著名诗人、诗评家袁枚,从扬州到仪征游览,一路上写了8首《真州竹枝词》,其中有6首写乘船在城内游览的所见所感,有两首是这样写的:

(一)

最好城河水二分,开窗终日鸟声闻。
参天两岸树阴合,中有人家住绿云。

(二)

连朝分咐小篙工,随意闲游但听风。
难得吟声花外落,水窗围坐几诗翁。

乾嘉时期仪征人厉惕斋所写的《真州竹枝词》前言,也多处描绘游内城河的景象,其中谈到南水关与东水关一节:“又或进南水关,游内城河。仓巷人家,皆有河房,帘幕之下,衣香人影,亦有敞其帘栊,箫管弹唱者”。“过纸坊桥而东转北,游于泮池,一角红樯,千章绿树,游者坐重荫中,青翠欲滴,此地人不常见无碍。小关帝庙前石桥,必矮船篷而折腰其下,不屑也。游毕,出东水关,则见湖船云集,离清虚之府,又到繁华世界矣。”他并以《竹枝词》记泮池之游:

纸坊桥过顺流东,迤逦行来到泮宫。
四面柳荫遮不断,一船人在绿天中。

然而世事沧桑,河道亦然。仪征城内市河从清康熙末年大规模疏浚，乾隆二十五年(1760)和嘉庆三年(1798)又两次小型疏理后，就再也没有疏浚了。新中国成立前的150多年间，河道严重淤塞，有的成了农田街巷，有的变为水洼断河，有的形如浅沟一线，无复当年二水相连、环绕全城的胜景。1968年冬天，“文化大革命”尚未结束，党和政府就关心民生，兴修水利，投入巨资，动员农民及工厂职工和机关工作人员，在旧北河道的基础上，东改道，西延伸，重新开挖仪城河。仅半年时间，人们硬是顶严寒、冒烈日、栉风沐雨，用双手双肩，挖土近50万方，开河近10里，将一条东接仪扬河、西连胥浦河、横贯市区中心地带的仪城河呈现在无河少水、尘嚣喧攘的闹市，再现了昔日的生机与恬静。1971年，在河畔建起自来水厂，将清洁的城河水送给千家万户。仪城河曾经让大多数市民告别了吃井水的历史，至今仍然有运输和灌溉之利。更为可喜的是，流动的江淮水给仪征带来了活力，那骀荡波光，参天绿槐，临河垂柳，几十年来一直是古城中一道美丽风景线。而今，它又成了以鼓楼为中心、以城河两岸景点、绿树、草坪为依托的旅游观光和购物休闲的重要景观区。

胥浦河

清道光及其以前的仪征县志，无论“山川”的“河”目还是“水利”的“河渠”目，都无“胥浦河”的记载，然而这条自然水道却是很古老的，古称铜山源。明隆庆《仪真县志》才出现了胥浦河下游的身影，不过当时不叫胥浦河，而叫钥匙河。志书记载，“钥匙河分两流，一流西北行六七里至胥浦直接铜山源，一流折而南里余为上口，入于江。”这就是说，明代从胥浦向南的河道为钥匙河的一汊，另一汊折向西南上口（今沙漫洲）入江。清康熙七年（1668），知县胡崇伦主持挑浚龙门桥（河成后建的三孔砖桥）至麻石桥

胥浦河

淤河以达于江，从此，人们把从龙门桥、涓庵向东再向南的一条河称为钥匙河。从龙门桥至胥浦直至铜山的水道呢，在文人笔下就不叫钥匙河而统称为西溪了。叫钥匙河太俗，称西溪雅而富有诗意。不过西溪的风景的确很美，“其地青山当面，古木阴浓，渔唱农歌，莺飞鹭集，”是仪征的山阴道、若耶溪。到此游览的人很多，乘船而来的，“绕过龙门桥下路，湖船齐泊在涓庵。”清嘉庆二年（1797）七月初八日，清代骈文大家吴锡麒受邑人江宾谷之邀，从涓庵放舟至胥浦桥，激赏沿溪两岸景色，写了一篇《游西溪记》，并且准备勒石于涓庵。文中说：“其地有西溪者，源出铜岗，名均河堵，九曲相引，风萝自声，一碧所环，云水无次。驯鹭翘于渡口，老鱼闯于波心。”诗人胡桐笔下的西溪则是：“过桥分野色，到寺有钟声，竹栝青如染，亭幽暑不生。”

那么，这条水道何时才称胥浦河呢？查民国三十七年（1948）《仪征县境域图》，图上已有胥浦河标示，说明民国时就称胥浦河，它是因胥浦而得名的。解放前，胥浦河河道弯曲狭窄，又不通江，冬涸夏溢，山洪暴发时常给下游村庄农田造成灾害。新中国成立后，政府先后对胥浦河进行过 10 次整治。首先，废弃老河道，从龙门桥向南挖新河 1100 米直通长江，山洪可直接下泄。又建红旗漫水闸，控制山洪，调节洪水。还裁弯取直多处，拓宽浚深，并将上游河道向铜山延伸，直达登月湖。如今的胥浦河长达 37.7 公里，流域面积 203 平方公里，达到 7 级航道标准，可灌溉沿河 12 万亩农田，并有承泄登月湖洪水及为枣林、小张云水库补水之功能，是仪征西部引排和航运的骨干河道。

过去，西溪是仪征游览观光的佳处，真州八景之一的“西浦农歌”即在溪旁。现在的田园风光又是一番景象，而河两旁现代化建设的景致令人神飞目迷，加之河源头还高耸着仪征第一峰铜山。若沿河岸广植水杉、意杨、绿竹、芦苇，适当点缀景观小筑，待以时日，一叶扁舟从市区出发沿胥浦河北行作山水一日之游，定能令人心旷神怡。

胥浦河入江口

铜山

铜山高耸于仪征西北部，距离市区约 10 公里，海拔 149.5 米，是仪征境内、也是苏中地区第一高峰。铜山相传为汉代吴王刘濞铸钱的地方，这个野心勃勃的封王，“开山鼓铸，即海煮盐，富埒天子”，积聚了雄厚的经济实力后，带头发动“七国之乱”而被诛灭。明代戴君耀游铜山时感叹道：“吴濞当年不尽忠，因山鼓铸欲无穷。天知瘠土民思善，从此铜山不产铜。”

当然，并不是由于上天惩罚刘濞，铜山才不产铜

铜 山

的，但铜山这个名字却是因他在此铸造铜钱而有的。早在1500多年前南朝宋的文学家鲍照就到过铜山，还写了“过铜山掘黄精”诗。黄精，为百合科，多年生草本，根可入药，有补脾润肺的功效。至今，铜山还生长着可作药用的野生植物上百种。

晚清民国时期，铜山庙会是出了名的。铜山顶上有一座准提寺，农历每年正月十五日，四乡农民涌上铜山，敬香拜佛，耍龙灯、荡旱船、挑花担，人山人海，特别是耍龙灯争抢山顶的场面，壮观而又热烈。每当这天，各地来的龙灯都想第一个登上山顶，于是一条条黄龙、青龙、白龙从山脚下沿不同的小道，在锣鼓和人群的呼喊中边舞龙边向上攀登，竞争十分激烈。这种类似于“龙舟竞渡”的“龙灯争顶”民俗活动，既能娱乐又能健身，没有延续下来有点遗憾。否则，今天不是一项很能吸引人的旅游项目吗？

据当地老人讲，铜山庙会当年经过劫难。大概是清朝末年，一帮土匪上山，赶走和尚，占山为王，为害山下百姓达十多年之久。铜山庙会也由此中断。民国十五年(1926)九月十三日，仪征县知事封绪昕亲自带领兵丁上山端掉土匪老巢，解救被掳的妇女。准提寺回到僧人手中，当家和尚西尘奔走募化，重修寺院，庙会随之恢复。封知县特地为恢复后的第一个庙会题联：

万家灯火闹元宵试听锣鼓喧天烈烈轰轰朝顶上；
百彩缤纷瞻泰岱遥望香烟缭绕丝丝缕缕接云中。

恢复后的铜山庙会盛况依然，一直延续到抗日战争爆发。1939年底，共产党领导的新四军来仪扬地区开辟抗日根据地，已经投笔从戎的仪征知识青年魏然担负起领导全县人民抗日的重任。为防止日军利用铜山寺院建立据点,抗日军民拆除了山上的准提寺。就是这位抗日战争和解放战争中一直担任仪征党、政、军领导,后转战多地、戎马一生的将军,离休以后多次回乡登铜山游览。他深深地爱上了铜山,生前植树为记,嘱托亲朋死后将他葬于铜山。1995 年 10 月 12 日,将军走完 77 年的风雨人生路,在南京溘然长逝。翌年清明节,南京部队干休所和仪征人民政府按照他生前遗愿,将他的骨灰葬于铜山之阳,并立碑纪念。

魏然将军爱铜山高,爱铜山绿,爱铜山美。解放 50 多年来,在国营林业站、试验林场职工努力下,铜山的确变绿了,也变美了。这里苍松密布,50 多种树木葱茏翠绿,鸟鸣山幽,风景秀丽。加之山顶有四季不涸的天池,山坡有神奇的仙人洞,山上有形如僧人的奇石,山下有含低锶、偏硅酸和多种微量元素并已被开发的矿泉水,形成了良好的生态环境和优美的自然景观。1996 年,江苏省农林厅批准建立省级铜山森林公园,仪征市将其列入"一区三线"的旅游开发规划。如今,2000 多米环山路盘旋而上,949 级石阶从南坡直达山顶,一些与自然环境相适应的景点正在建设之中。每逢假日,市区居民和仪征化纤公司职工结伴登山旅游者越来越多。

捺山

捺山是仅次于铜山的第二峰，海拔146米，位于仪征境内中部，贯通全市南北的干道泗大公路从它脚下经过。古人登此山为记曰："若夫登览之旷，东极白洋，西尽灵岩，石帆、峨眉罗烈横亘，城廓、田庐隐显于云烟苍莽间"。今人登山说："近处山脚下的农家田舍如一幅幅定格的图画，而远处则把绿杨城廓的景色尽收眼底，那蜀岗上栖灵塔也清晰可辨。"古人和今人的视野好像是一样的，没有向前远望仪征市区和仪征化纤厂区。其实向南看，古真州和今仪征的景色都是很美的，"真州景物广陵词"至今依然，还有青苍高耸的天宁塔、如带的长江、连片的楼宇。

现在还是说说这座山的名字吧。现代人都叫它

捺　山

捺山。在仪征一直流传着“捺山”之名由来的神话故事，而且还与“愚公移山”有联系。说是：愚公移山，感动了玉皇大帝，玉帝给一个名叫夸娥雁的大力士下旨，要他帮助愚公将太行、王屋二山搬走。夸娥雁的儿子缠着要跟着老子一起搬山，玉皇大帝也同意了。父子两人来到了地界，帮助愚公将太行、王屋两座大山搬到东海后，又帮助移走了很多小山。剩下最后两个小山由夸娥雁的儿子挑。儿子第一次来到人间，又挑走那么多山，自然十分得意，当他挑最后两个小山到了仪征地界时，竟高兴得晃起肩上的担子。这一晃出事了，担子重心不稳，他急忙用手捺住担子的一头，由于用劲过猛，“咔嚓”一声，扁担断了，“轰”的一声，山掉在地，担子那一头的山也随着塌到地上。被捺掉下来的就叫捺山，塌下来的那座山就叫塔山。捺山有两个山峰，两峰之间的凹处，当地人说是仙人手印，就是夸娥雁儿子的手按的。

可是，古代人却把捺山叫腊山，《仪征县志》上都是这样记载的。县志上还说：“上有天井池，其水冬夏不竭，又有白龙潭，宋郡守王大昌于此祷雨有应。”就是因久旱不雨，到山上求雨有应，所以官员百姓每年秋收冬藏后的腊月都要到此祭山，感谢神佑苍生，称之为“腊祭”，所以就叫腊山了。书上尽管这么写着，老百姓并不理会，神话故事在民间久传不衰，久而久之，约定俗成，腊山就变成了捺山。

捺山给人们留下了美丽神话的传说，也留下了美丽的自然景观，这就是第三纪火山喷发形成的石柱林。石柱林是大自然的杰作，每个石柱都是规则的六面体，整齐地排列着，状如森林。腊山石柱林现在发现的有两处，一处是垂直的，状如悬崖瀑布，十分壮观；一处平卧斜插的，形似菊花绽放，非常秀美。石柱林之外，还有已被挖掘的学名称为硅化木的木化石和动物的牙齿、头颅等骨化石，可惜这些化石现在都散落在民间。如果将这些化石搜集起来，选在捺山适当地点建一座木化石盆景园，开辟一条品茶、游山、赏石的旅游线，该有多好！

为什么要提出品茶呢？因为捺山是仪征茶的发源地，1957 年仪征第一次引种茶就是在捺山开始栽植的。40 多年来，仪征的茶叶已从开始的两亩，扩大到近两万亩，茶场已从一处增加到 20 多处。仪征已成为苏北的茶乡，茶叶已成为仪征的特产，捺山开辟草莱，功不可没。如今捺山不仅茶树漫山遍地，所出产“绿杨春”茶在省和全国评比中连连获奖，茶香也远飘海内外。创造条件，让人们到捺山来品茶、游山、赏石，尽享大自然的赐予，不是很好吗？

石柱林

扬子公园

扬子公园占地23顷，位于真州老城区西部，唐代以来，仪征就有扬子县之称，故得名。该园规划于1986年底，建设于1988年，1990年初建成对外开放。园内地形起伏，依高岗叠山，就低洼开湖，其中镜湖水面约占7万平方米，全园水体全部用块石驳岸，并缀以湖石，环湖栽有杨柳松杉，湖光山色，浑然一体，层次分明。公园分为儿童活动区、体育活动区、科普文化及革命传统教育区、游览休息赏景区和公园管理服务区5大景区24个景点。该园交通方便，大小适中，地形起伏，水陆均衡，是自然式的山水园，为市级综合性文化休息公园。

扬子公园

白沙公园

白沙公园始建于1987年,因仪征古称白沙而得名。公园占地面积158.4亩,东西长460米,南北宽300米。园内有秀丽的纤纤湖、欧式风格的古城堡、古典园林建筑群濯锦园,还有项目众多的游乐设施。

全园共划分为3个景区:一为娱乐区,分为两部分,位于公园的东南部,是公园的主要景区,系以动为主的集中型游乐场,共有游乐设施14项之多。一部分是以儿童娱乐为主的童心园,内有适合幼儿游乐的项目小火车、快乐城等设施,以及适合儿童心理的动物滑梯、小汽车、翘翘板等;另一部分是儿童、成

白沙公园

人娱乐的场所，既有游客喜爱的碰碰车、高架车、历险鼠、飞旋荡椅、水上飞艇、赛车、游船等，又有惊险刺激的大型游乐设施激流勇进。在两个娱乐区之间，有喇叭花喷泉组合和造型独特、形似悉尼歌剧院的宇宙宫相隔，形成娱乐区以动为主的鲜明个性。

二为湖山区。此区位于公园中部偏北，包括瑶岛、古城堡、纤纤湖、玉带桥、黄石假山等。该区用堤、岸、岛、桥分割的水面既有大小对比，又有开阔与幽深衬托。泛舟湖上，时而豁然开朗，时而曲折迂回，呈现自然质朴的情趣，使人油然而生“清风明月本无价，近水远山皆有情”的诗情画意。

三为庭园区。它座落在公园的西北部，是借鉴中国传统造园手法建造的园林艺术欣赏区，取名“濯锦园”。此区分别由院落式、山庭式、水院式、山水式、庭园式等五组庭园构成，用围墙、山石、水池分割，每个院落各具特色，集江南园林的造园精华与白沙公园的功能要求构筑而成，形成小中见大、步移景异的咫尺山林。各建筑内还分别展示文物古董、字画等，在增长知识的同时给人们以艺术美的精神享受。

龙山风景区

江北少山，在长江下游距长江最近的一脉当属仪征的龙山，它是东西走向，属于蜀岗的余脉，低缓绵延，西与南京六合接壤，东和世界著名的化纤原料生产基地——仪征化纤公司相邻，山脚下则是仪征市传统工业区所在的青山镇。

龙山，为古长江的入海口，如今富甲天下的长江三角洲正是由此向东发育淤涨而成，人们平常所讲的“扬子江”，从严格意义上讲，也是从邻近的瓜埠向东至瓜洲一段。70 年代，南京大学教授来这里考察，发现了许多古生物化石和猿化石，足以证明人类的祖先曾在此依山而居，临水而栖。如今山体静默不言，江水浩浩奔流，天地间演绎过多少生命的传奇，全交给龙山的一草一木去叙述，而沧海桑田的变迁留下的遗迹，更让后人对历史怀有一份神秘的敬畏。邻近的卢家大山，由于火山爆发，至今还留下状若刀削、排列有序的石柱林。

龙山的来历，自然与“龙”有关。相传，除了龙山头本身是因小秦王赶山填海、挥斩刺龙得名外，当地民间流传最多的一个传说故事是，为了力保明朝皇帝朱元璋的江山，军师刘伯温遍访各山，看到哪里有“龙脉”凸现，就将它掐死。一次刘伯温发现隔江的龙潭一支山脉过江直通江北，俨然一条活龙，就命人将龙山头挖断。此后，两岸的山都停止生长了，故尔现在就有一种说法："掐死龙山，吓死龙潭。"让人惊奇的是，与龙山相隔不远的红山土壤，大片都是红色的，当地群众称那是龙血染红的。

其实，龙山的活力绝对没有像传说中那样被"掐死"，它起伏跌宕的多元地貌、林木繁茂的原生状态，使这里景随时变，物随势移，春可踏青郊游，夏能垂钓野炊，秋可登高赏叶，冬可踏雪寻梅。尤其是阳春四月，山下麦田青青，山中菜花铺金，桃花灼灼，仿佛自高而下铺陈的五彩地毯。若逢烟雨霏霏，置身其中，又好似天造地设的水粉画。龙山的自然风光，吸引了许多过往文人的吟唱，宋词中"过春风十里，尽荠麦青青"，即是一例。幼年在仪征读书的扬州八怪之一郑板桥，对如此多娇的山水更是情有独钟，吟出了"春风十里送啼莺，山色江光翠满城。曲岸红薇明

龙山度假村

涧水，矮窗白纸出书声”的诗句，其中既饱含着对自然的钟爱，更有一份“此处最宜读书”的人文情怀。而把这些散落的历史、人文珠玑串点成链，则是近几年的选择。

进龙山风景区山门，迭迭丘陵环围的盆地中，赫然可见几处静幽而典雅的建筑，西侧是一处挂着古酒幌的草庐木屋，屋前则栽有几株芭蕉。距木屋不远，即是一处人工湖，湖边建一红阁，人工湖既可供春天垂钓，也能供夏季游泳消暑。再高处就建有一幢被称为“龙山度假村”的四层建筑，食宿设施齐备，可接待公务、商务活动。

茂密得难见裸土的植被，将整座龙山遮掩得严严实实。有人作过统计，龙山的野生植物有459种，其中药用植物有120多种。这里最令人注目的是千亩竹林，由山下次第向上，四季常绿，展示着阴柔而坚强的生命，远望郁郁一片，隐约可见山中几户人家的屋檐升起袅袅青烟，反衬出山中的安谧。专家称这苏中地区规模最大的连片竹林，并打破了“竹子不过江”的生存极限，“龙山看竹”由此也成为周边地区游客的踏访理由。从山脚开始，由一条用两万块六角青砖铺就的小道直达竹海。

龙山处于江北淮南，座北向南，三面高一面低，挡住了北来的寒流，进而形成一个冬暖夏凉的生态小气候圈。当地群众栽竹始于解放之后，少人砍伐，以致蔚然成势，细者如丝，粗者如碗口，高低参差，集群共生。愈向竹林深处走，光线愈暗，风声愈小，只闻天籁，不见鸟影，枯叶铺陈，脚步所至，窸窸窣窣。竹林深处有一处盆地，石凳石椅，供人小憩，几列粗

龙山风景区

壮的青竹挺拔冲天，仰望竹梢，繁叶遮天，难见亮光，根须簇簇，随意游走，时隐时现。凝神屏息，闹中取静，物我两忘，似入仙境。每逢春季，夜雨润物，山土无声，新笋突出，水珠点落，似可听到生命的呼吸。

江北少竹，龙山多竹，实为稀罕，而有竹无石，则缺陪衬、风骨。风景区的建设者为此专门从江南购进怪石若干，视为小品，题以雅名，赋以神韵，沿路点缀，自然而不娇作，其中“恐龙石”结伴“神女松”即是绝妙的组合，让人平添几份遐思。

登上龙山之巅，东南处设有一座“望江亭”，堪称俯视浩浩长江的最佳观测点。天气晴朗时，江南群山尽在眼前，青黛如屏，伸手可触；滔滔江面之上，千百银鸥翩翩起舞，货船客轮一路鸣笛，如梭穿织。放眼西南方向，长江、滁河等三河交汇，水天一色。

龙山不高，但当地人怀着对先哲和文化的厚爱，将两个制高点献给两个文化名人——世界文化名人、曾获法国总统骑士勋章的达达诗歌流派创始人之一盛成和近代著名的太谷学派创始人周太谷。前者上个世纪初追寻革命，留学法国，与周恩来、邓小平并肩奋斗，并用法文写出了世界广为流传的纪实性长篇小说《我的母亲》，为了了却盛成的心愿，死后他的骨灰回归故里，相伴于母亲之侧。后者作为封建社会研究儒家学说的最后一个学派创始人，曾在龙山一带传道播经，吸引了众多门徒的经常聚会。龙山不高，但两位先人的安息，却从文化层面上支撑了龙山的高度；龙山不奇，但先人的传奇人生，却充实着龙山的内涵，向游客的心灵敞开另一种独特的风景。

龙山的旅游开发，始于上个世纪90年代末，当地政府邀请江苏省规划设计院编制出包括八个旅游片区在内的整体规划，其中依据龙山树种丰富的现状，就设有竹海、葡萄园、梨园、桃花岭、板栗林等景点。目前龙山度假村、清逸渡假村等配套服务设施已经建成，青山营遗址、民国炮兵工事遗迹等也被列为特色资源，纳入发掘计划。人们相信，随着南京长江二桥的开通、沿江高等级公路的开工，与南京紧邻的龙山，一定会被更多的人所关注。

扬州西郊森林公园
——白羊山

扬州境内，距市区最近且最值得去的一座山，就是位于仪征刘集镇境内的扬州西郊森林公园。森林公园并非单门独户，而是由大别山余脉白羊山等连片群体丘陵连绵逶迤而成。目前占地467公顷，海拔最高处63.8米，因为植被繁茂，大气澄净，远避喧闹，又被称为扬州西郊“天然大氧吧”。

白羊山中幽径

出扬州城西行不到一刻钟，即可进入森林公园所在的刘集镇。刘集镇四面环山，东有盘古山，西有捺山，南有庙山，北有甘泉山，每座山几乎都有神话和传说。森林公园座南向北，牌坊式的山门巍然耸立，引领游客沿着平缓的山势踏上山石铺就的幽径。两侧丛生的灌木与浓密的树林，遮掩了直射的阳光，年复一年死而复生的植被间散发着原始的气息。方圆数平方公里的区域内，森林的覆盖率高达82%，上百种不知名的奇花异草，造就了一个天然的植物园，任由白鹭、画眉、野鸡、山兔悠然寄栖，而清风过处，松涛阵阵，鸟语啾啾。

“山不在高，有仙则名；水不在深，有龙则灵。”扬州西郊森林公园山不高，路不险，但却有着独特的历史文化积淀，仅是种种关于龙的传说就让人心旌摇动。相传很久以前，山中有个洼地，一对夫妇居住其中。妇人分娩，生下一条白色的蛇状怪物，顿时天公变脸，电闪雷鸣，这怪物化作一条小白龙升腾上天，其母的胎水化成一处水塘，久旱不涸，恩泽百姓。小白龙为报养育之恩，每年五月初三都要前来祭母，这就有了白羊山的来历。据称，现在森林公园附近仍有一处洞穴遗存，只是少人探寻，后人为示纪念，遂建庙一座，起名“白龙庙”。

白龙庙处于山腰之中，占地40余亩，四周砖碟严严实实环绕，几经修缮，如今气象一新，大殿厢房配套齐全，人气旺，香火盛。庙内四大金刚各执法器，分别寓意“风、调、雨、顺”。由香客捐铸的一眼铜钟，高80多厘米，直径50厘米，质硬声脆。掌门的尼姑叫文忍，深居寡出，给人平添几份神秘。再加之四周还有奶奶庙、东林寺等场所，有识之士提议把宗教文化融入白羊山的旅游开发之中。

高尔夫练习场

由于山上地势平缓，山林如屏，草地茵茵，当地人在山上开挖了水库，别出心裁地办起了一个高尔夫球练习场。这种由苏格兰人发明并被演变为贵族化的运动，在这里却是面向平民游客开放的。沿一处台阶而下，在松木搭就的凉棚长廊下，执杆挥臂，看小小的白球在空中划出漂亮的弧线，落在蓝天白云倒映的水面，固定在水上的浮标就会明显地标明击球的成绩。说到水，就不能不提到借古名而新建的白龙潭。它系人工开挖，占地 120 亩，南引长江水流，上蓄自然降雨而成。水面上有五六只游舫供人娱乐，潭中则有一岛，占地 1.2 亩，上建小草庐一座，用木头作支撑，四周无遮无挡，栽有数丛修竹，山色入目，八面来风。倘有几个文朋诗友相聚，或海吹神聊，或品酒饮茶，看落日镕金、飞鸟归巢，因物生情，则令人联想到陶渊明的佳句："结庐在人境，而无车马喧。问君何能尔？心远地自偏。采菊东篱下，悠然见南山。山气日夕佳，飞鸟相与还。此中有真意，欲辨已忘言。”

扬州西郊森林公园临近扬州古城，附近又发现了地热资源，可供开发温泉等项目，因而客商近悦远至，接踵而来，一旦项目全部实施，白羊山的旅游价值将会得到充分的释放。

白龙潭水上公园

登月湖风景区

登月湖，位于仪征境内西北苏皖边界。说是湖，不过是面积达 6000 多亩、蓄水量正常保持在 1000 万立方米的水库，但却也是目前扬州地区最大的人工水库。

登月湖

登月湖的湖名并非杜撰，它的由来与水库所在的集镇月塘紧密相关。传说过去有座水月寺，寺中有阴森幽闭的深水塘，即使在阴暗的夜晚，也能看到月亮的倒影。清乾隆进士施朝干，为此吟诗道：

流水不可往，孤云引水还。
峨嵋院中月，已照江南山。

仪征一代文宗太傅阮元，慕名探访，挥豪书联：

佛法无边如云进山头行到山头云更远；
神机有限似月浮水面拨开水面月不沉。

传说是虚幻而神秘的，现实的登月湖因为远离喧嚣，且很少污染，其水质正常保持在二级标准以上。风和日丽时，水上野鸭嬉游，白鹭掠影；若逢阴天，洲渚含烟，又仿佛一幅朦胧的水墨画。水库本身也不乏奇妙之处：一是即使逢上天旱，库底依然有一泉眼汩汩涌出清流；二是水库东北侧，有时虽然无风，竟也能腾起三尺大浪，有人说那与水下墓葬有关。

登月湖被列为旅游景区后，就有了别具特色的“游登月湖——品登月茶——捡雨花石——吃农家饭”的特色旅游线路。水上乐园备用10余条画舫、快艇、竹筏，供游人水上赏景。泛舟湖心，脚踏碧波，环顾四周，秀色如画，次第展开。南观千米长坝，如卧龙横亘，杨柳依依，似靓女临镜梳妆；西看村庄错落，白墙青瓦，农人荷锄，牛羊徜徉，俨然“世外桃源”。放眼向东远望，捺山，无言而立，作了画屏，近

沙滩浴场

处则是开辟的沙滩浴场，每逢盛夏游客如潮。再向北看，三面环水处是一大片半岛，遍地茶田，垅垅畦畦四季常青。正因为地处偏僻，敛天地之气，含日月之光，这里出产的登月茶才汤色清明，耐泡经冲，品后清肺爽心，齿间留香。茶场的主人颇有心计地推出了采茶、炒茶自助游项目，让游客自己动手，感受乡间劳动的乐趣。最有特色的还是主人从江西引来的茶道表演，三四个身着青衣的村姑，伴随着古筝之音，款款亮相，提壶移杯，一招一式，不温不火，在乡间，在金黄的油菜地、碧绿的茶田四周环围的农舍中，竟把源远流长的茶文化诠释得如此简洁明瞭。

登月湖与瘦西湖相比，少了些阴柔；和玄武湖相比，少了些博大。但它因时而变的活泼、灵动，因缺乏山林为依托的坦诚，却赋予了它诱人的个性，所谓"地僻多情趣"。一位客商已在半岛上征下20亩土地，用作美术写生基地，并起了个极富诗意的名称：吟月村。而在离村不远的地方，建有一座与中南海西花厅内的不染亭毫无二致的"不染亭"，亭不高，四周也无树木陪衬，翼然兀立，反倒平添了几分神秘。建亭者是扬州离休干部周先生，他是《爱莲说》作者周敦颐的后人，也是周恩来总理的堂侄，为了弘扬先人廉洁的风范，他数次到北京中南海实地考察，并自筹数十万现金仿造而成。择址登月湖畔，正是看中它一尘不染的水质。亭前的碑文是朱熹的后人、江苏省书画院院长朱葵先生所写，故尔文人墨客到登月湖，大多都会到此一游，以寄托情怀。

远去的城市山林
——仪征园林史话

说仪征历史上是一座园林城市，当年可与扬州、苏州媲美，一点也不夸张。且不谈汉唐，仅从仪征作为真州治所起至清末近千年间，见诸县志记载的园林就有40座。按建造和存在的时期分，大致是宋代7座，元代1座，明代14座，清代18座。如加上不见于志书“园林”卷目而在其他卷目提到的，如明代袁宏道诗中的张园，清代施朝干诗中的江芳园和筑有“申明亭”的黄园等，可能有近50座。这些园林有的建在城区，有的建在市郊，还有的建在离城10至30多里的农村。其中绝大多数为私人修筑，一般规模不大，建筑简雅，少数为大僚富贾所建。并且有的出自造园名家之手，因而成为名园，如宋东园、明荣园、清朴园等。

宋代的7座园林是东园、新园、梅园、同乐园、范士园、丽芳园和北山园。建得最早、规模最大、延续时间最长的是东园。它建于宋皇祐四年(1052)，为真州发运司所建，属于官园，占地百余亩。欧阳修为之作记，蔡襄为之题额，名园、名记、名书，被称为“真州三绝”。由宋至清，东园屡废屡兴，前后绵延500余年。新园为州判朱表臣所建，北宋著名诗人梅尧臣游此时曾有诗咏：“青葱江上树，杳霭宫前道。道侧有新园，园中无恶草。松垄方在外，茅屋闻已考。

朝廷正急才,何得言归老。”大诗人其意不在咏园,而在劝人。梅园在县西 15 里,大概园中以植梅为主,故有此名。同乐园是真州府署内花园,有亭,有台,有苑,有村,是官员们公余宴游的地方。此外的丽芳园、北山园和范氏园,前两园虽为当地最高地方官所建,一个主人是发运使张汝贤,一个主人是知州孙虎臣,但均不及范氏园知名。范氏园中有一座溪阴亭,苏东坡作客真州时到范氏园游览、饮酒,留下咏溪阴亭的优美诗句:“白水满时双鹭下,绿树高处一蝉吟;酒醒门外三竿竹,卧看溪南十亩阴。”诗以人而留传,园以诗而扬名。不过诗的确写得好,看似信手拈来,如水墨画一般描绘出夏日真州一隅的美丽田园风光,且句句都有数字,一二、三四句皆是佳联。

元代时间不长,真州几乎没有新建园林。县志中只提到,这期间作为扬子县治的新城有一座康乐园。

到了明代,仪征园林建设重新兴盛起来,270 多年间,相继修建了小林泉、江上别墅、东津别墅、休园、小东园、丽江园、澄江园、玉虚园、丰原园、荣园、西园、闵园、东皋别墅和横山草堂 14 座园林。前期建园较少,最早的是永乐元年(1403)举人彭真(后官至户部郎中)的家圃——小林泉,以及贡举朱永年读书处江上别墅,且都是小筑。从朱永年自题“江上别墅”诗可知,这只是江滨一座“一径野花落,满地芳草生”的小院。它之所以能载入县志,盖因著名戏剧家、文学家汤显祖曾造访这里,与主人对饮并留下《夜醉留别永年》长诗的缘故。明中叶以后,成化、正德和嘉靖年间,当地的一些读书人中了举人、进士,在外面当了官，功成名就，又有了钱，陆续在家乡兴土木、造园林。先是进士柳琰在旧江口（今旧港）筑东津别墅，后是中丞王大用和大参蒋山卿在东城内和县东10里的江边分别建小东园和休园。嘉靖间，张檠、张渠兄弟又在县东南2里江浒造起对门而立的丽江园和澄江园。玉虚园和丰原园则是万历十六年（1588）和二十一年（1593），由邑人光禄寺珍馐署署正王汝立和庆天府主簿侯维垣所筑。不过，这些读书人虽做了官，腰包里没有多少银两，所造的大都是小型园林，无论从规模和内部构置上都无法与腰缠万贯的富商所筑的荣园、西园相比。这两个园建于崇祯年间。西园在新济桥（今真州镇长江村境内），为中书（捐钱买的）汪机所置，园内高岩曲水，极亭台之胜，名公题咏很多。荣园在新济桥西，为汪氏所筑，取陶渊明"木欣欣以向荣"诗意。园内构置天然，为江北绝胜，往来巨公大僚多宴会于此。当时的仪征县令姜埰不胜周旋，发牢骚说："我且为汪家守门吏矣！"汪氏虽雄于钱而绌于势，听了县太爷的气话惧怕了，不惜将园毁掉。所遗一石，人称"小四明"，府志云为"美人石"，后来阮元又将其改名为"湘灵峰"。此石一直留存到新中国成立后，"文革"中被当作"四旧"砸毁。西园、荣园的前身实为寤园，是造园大师计成设计建造的。计成总结一生造园经验写出了世界上最早的造园专著《园冶》，他还在寤园的扈冶堂为《园冶》写了序言。自序说：时汪士衡中翰（内阁中书）邀我到銮江（仪征古代别称）之西兴造园林，似乎还符合我意，于是应邀来造了一座园林。这座园与我在常州为吴又于所造的吴园，齐名于大江南北。计虽在自序中没有提到寤园，但从阮大铖为《园冶》写的序和他游寤园写的诗可以证实，计成所造之园即寤园。阮在序中说："銮江地近，偶问一艇于寤园柳淀间，寓信宿，夷然乐之。"阮大铖当时在南京，经常到仪征寤园来。而《宴汪中翰士衡园亭》和《从采石矶泛真州遂集寤园》等诗，更明白无误地讲到真州寤园。

可是，计成造的寤园在有清一代的仪征县志中为什么不著一字呢？近代的专家学者研究认为，恰恰是因为阮大铖的缘故。阮大铖附魏忠贤，名列逆案，后又乞降于清，声名狼藉。他的所有著作在清朝均被列为禁书。《园冶》一书有阮的序言同样被禁。计成遭池鱼之殃。他写的书，造的园，当时编修县志的人是耻于记和不敢于记的。直到20世纪90年

重修儀徵縣志卷六
輿地志
名蹟圖
園
宋東園　申志云舊志云在漕臺東皇祐四年發運使施昌言許元判官馬遵繼因得州監軍廢營地百餘畝爲園既成圖園之略請歐陽修爲記蔡襄書褒珍其書不立名姓嘗語人曰吾用顏筆作楮體故其字遒媚異常後人因名園記爲三絕靖康兵火園廢嘉定初運判林拱辰郡守潘友文再刻園記復澄虛閣清讌堂其樂堂後有北窓林復刻蘇東坡
重修儀徵縣志　卷六　一
麥門冬詩於中而拂雲亭在翼城之巔尋廢寶慶初相漕上

《仪征县志》"园林"目

代，仪征编修新方志时，才恢复历史本来面目，将寤园和计成载入《仪征市志》。

清代，仪征园林建设进入鼎盛时期，从康熙至嘉庆年间，先后造园 18 座，即涉园、萧园、怡园、半湾园、厉园、南园、罗园、蒋园、也园、吴园、江村、水香别墅、白沙翠竹江村、因圃、五世读书圃、汪园和朴园。涉园建得最早，由康熙初汪氏筑，在单家桥西（今粮食局所在地）。康熙五十七年（1718），县令陆师主持编修《仪征县志》于此，乾隆三十三年（1768）辟为乐仪书院，道光二十八年（1848）又在此设局修志。私家园林转为公用后，得到较好保护和不断修缮，因而留存时间也久。新中国成立之后还有房屋、老树、池塘等古园林遗存。最负盛名的当数白沙翠竹江村和朴园。两座园都建在乡下，一在今新城原都天庙南，一在今马集镇境内原巴祠地。白沙翠竹江村的闻名与当时著名书画家石涛有关。他在仪征有"读书学道处"，常到江村游览，画了《白沙翠竹江村图》，写了《白沙翠竹江村阁》诗 13 首，园因诗和画而知名。朴园为大盐商巴光诰昆仲兴建，造园名家戈裕良设计叠石，占地甚广，费时 5 年，耗银 20 余万两。园中有堂、楼、亭、榭、馆、阁和山、峰、洞、涧、径、池、桥等景点数十处，广植松、楸、竹、梅、牡丹、芍药、荷、菊等四时树木花草，被誉为"淮南第一名园"。有些园林虽不及白沙翠竹江村和朴园，但因具有自己的特点而受到时人关注。如进士厉士贞建在资福寺后的厉园，牡丹极盛；安徽歙县人建于罗泗闸北岸的南园老桂最多；邑人汪燕能筑于猪市街后的也园，有涵洞可引入江水；汪棠在东门内建的水香别墅，有水塘百亩。蒋园虽在新城东，知县李鹏举还邀邑内名士到园中雅集，诗酒唱和，留下诗集；五世读书圃和汪园得到诗人王渔洋等人诗赞。值得一提的是里人张均阳的江村，与著名书画家、诗人郑板桥有着特殊的关系。郑板桥青年时在此设塾教书，中年又重游江村，以诗会友，留下清新明秀的美文。

这些园林到清代末年基本上都不存在了，有的圮于岁月风霜，有的毁于刀兵水火。民国年间，城内仅存李家花园和泮池旁白沙公园等小园。

纵观仪征园林兴废，凡国家政治稳定，社会安定，地方经济发展，园林建设则兴盛。而园林兴盛又带来旅游业兴旺。由宋至清，那么多名公巨卿、大文豪、大画家，如王安石、苏东坡、梅尧臣、黄庭坚、陆游、袁宏道兄弟、汤显祖、王士禛、孔尚任、石涛、吴敬梓、郑板桥等人，都到过仪征，有的还不止一次来。他们大多数是冲着园林来的，在此留下许多咏记园林的诗文，产生巨大的名人效应，吸引来更多的游人，使仪征成为与扬州、苏州齐名的旅游胜地。

未完全消逝的风景
——真州八景简介

晚清时期，仪征的园林绝大多数毁废，历史文化古迹所存不多了。热爱家乡的仪征人，又将远山、近水、农田、树木与历史文化遗迹结合起来，称为“真州八景”，即东门桃坞，南山积雪，西浦农歌，北山红叶，资福晚钟，天池玩月，仓桥塔影，泮池新柳。前四景在城的周边，后四景在城内。清代画家诸乃方将八景绘成彩图，分别题上词，使八景更富诗情画意。八景图至今仍为文化部门收藏，八景大都依稀难辨，有的尚有遗迹可寻。现寻迹追踪，简介于后。

东门桃坞

新城桃坞

又称新城桃坞，指仪征县城东门至新城的仪扬运河两岸。这一带土地肥沃，农业发达，当地农民有植树栽桃的丰富经验，在沿河高地上培植了大批桃树，有时桃、甜桃、蟠桃、水蜜桃、六月白等品种。每到春天，桃花竞放，“十里飞霞绮”，“满坞绛云横”，县城百姓纷纷涌出东门，踏青游春，观赏桃花。乘轿的，步行的，摩肩接踵，徜徉于春光、水色、桃红、柳绿之中。若荡舟于运河中观两岸桃花，又是一番景致，桃花映照，绿柳拂面，莺啼燕舞，如果艄公有意折入一条小河，则恍如进了陶渊明笔下的桃花源了。

现在，东门一带桃树不多了，但坞还在，水长流，设若趁种植结构改革之机，再广植桃树，恢复“东门桃坞”胜景不是没有可能的。

南山积雪

真州城南，隔江遥对江南诸山，从龙潭到下蜀、高资一带，山峦起伏，延绵不断，山水相依，远远望去，如同一架山水屏风，且四时景色各异，晨昏亭午有别。特别是冬季大雪之后，群山银妆素裹，分外娇娆。过去，当地民众大多相约到南门外大关帝庙楼上观赏远山雪景，“三层楼外大江横，滚滚寒涛听有声，江南诸山银妆里，冰清玉洁一画屏”。到了春天，冰雪消融，山洼背阴处还残存着一些积雪，远

文墩积雪

眺群山，青黛中镶嵌着片片白色，显得清丽。仪征人深谙造园借景之妙，特借江南诸山为真州八景之一。现在，南山景色仍可借，不过站在“三层楼”恐怕看不见了，需要更上层楼了。登临观景最理想处当然是修葺后的天宁塔了。

另有一种说法叫文墩积雪，诸乃方画的就是文墩雪景。那是宋代东园故址，直到清代仍有人发思古幽情，雪后追寻东园遗迹，那时，确是野旷天低，玉树琼枝，清光照人，可是现在已找不到遗迹了。

西浦农歌

通常说“胥浦农歌”，可能古人要凑成东、西、南、北四个方位，改胥为西的吧。现在真州镇农歌村一带的农民，历来爱好唱歌。每到栽秧季节，秧田里不时传出高亢宛转的歌声，此唱彼和，持续不断。“轻烟漠漠雨冥冥，东风染尽三千顷”，春日的农村原来就很美丽，加上动听的歌声在空间回荡，更为朴素自然的农村景色增添了情趣。因此，前人把西浦（亦说胥浦）农歌列为真州八景之一。厉惕斋的《真州竹枝词》中说：“江村何处唱回波，袅袅音声柳外

胥浦农歌

过。惯是乡民腔调好，我曾胥浦听农歌。”清代的陶元睿也写诗描述：“西溪一带打鱼湾，时听歌声远近闻。五月村庄农事急，须知稼穑本来艰。”解放后，胥浦农歌还在唱着，不过也跟着时代步伐，不断注入新的内容。

长期旅居仪征的作家、知名诗人忆明珠一次到仪征化纤联合公司、南京油港、仪征分输站等企业参观，有感于胥浦地区的巨大变化，写了一篇散文，名为《胥浦农歌》，他以诗人的睿智和才华，在文章里谱写了两首胥浦新农歌：

以前春水贵似油，如今油似春水流。
一条油龙长千里，不见龙尾只见头。
油港建在大门口！
以前种棉无衣穿，如今穿衣不种棉。
织锦不待蚕吐丝，织布不靠纱纺线。
只因办起大化纤！

北山红叶

清《仪征县志》“仪征县图”标示，仪征县城之北有互不相连的三个山岗，由西向东分别是蜀岗、北山、城子山，北山偏北一些，城子山即今曹山。真州八景之一的“北山红叶”，泛指城北诸山。山上旧有虮腊庙、祈年观、北山寺、壮观亭、东巡台等建筑，是真州的游览胜地。虮腊庙是祭祀先祖神农的地方，以后又增祀苗再成、黄得功两位宋代名将，庙内有大殿、客堂、游廊、月台、厅院等。旧时，每到清明祭祀之时，这里游人如织，虮腊庙左右山头人头攒动，山的向阳平坦处，有卖茯苓糕、乌米饭、糍团的，有卖甘蔗、荸荠、罗卜的，有卖茶的。还有卖艺的，如抖空

北山红叶

竹、玩流星、耍拳、变戏法。这一天还要举行风筝比赛，各式各样的大风筝，由南门一路锣鼓，送到庙前排列，供人评点，然后纷纷放飞，御风凌空，五彩缤纷。到了深秋季节，山上层林尽染，红黄相间，衬托蓝天、白云，风景如画。厉惕斋老人来游北山，在《真州竹枝词》中写道："白云深处隔红尘，寄我逍遥杖履身，却笑山光如画里，老夫也作画中人。"如今，山岗大都削平，红树不再，亭台古迹也已湮没，呈现在眼前的，是工厂、车站等现代建筑。

天池玩月

天池，又名莲花池，也就是城南河。它是淮盐的老船坞，清代两淮盐运司的驻节之所——"真州使院"设在天池近侧。每年六月，新纲开江运往上江诸省时，盐运使都从扬州到仪征来主持掣验，住在真州使院。这个地方环境清幽，可登楼眺望，可放棹泛舟。有阙描述天池玩月的词是这样写的："不用五湖游，为憩真州。天池俨似镜湖秋，盐使曾停绛节，乐继登楼，皓魄漾中流，宜放扁舟。笛声惊起白沙鸥，知否秦淮歌舞地，无此清幽。"《红楼梦》作者曹雪芹的祖父就曾做过盐运大使，他喜爱这个地方，每次巡

天池玩月

盐都在真州使院小住，消夏纳凉，还邀集扬州一些著名文士到此诗酒唱和，留下了不少诗文。真州使院在清雍正以后开始冷落，后来因推行票盐制，仪征不再是盐运必经之地，楼宇圮废，天池逐渐淤塞，天池玩月便成为历史陈迹了。

仓桥塔影

仓桥塔影的塔，就是建于1200多年前、如今仍矗立于工农路边的天宁塔。仓桥得名仓巷。仓巷至今犹在，清时位于澄江门（县城南门）里内城河畔。外城河经南门水关进城后称为内城河，一路东流而北折与市河（今仪城河）相通。仓巷在内城河北岸，巷南

仓桥塔影

人家皆有临河而居的河房，“帘幕之下，衣香人影，亦有敞其帘栊，箫管弹唱者”。袁枚《真州竹枝词》中“最好城河水二分”，即咏其地。内城河于仓巷东头北折后的第一座叫仓桥，再北有天宁桥、单家桥，一在今前进路，一在天宁巷，20 世纪 60 年代还能看到砖砌桥身，后来筑路拆了。

天宁塔如今只剩下剥蚀灰黯的砖身，可在当年，却是画栋飞檐，金碧辉煌。无论是旭日东升，夕阳西下，还是月白风清的夜晚，人们伫立桥上，仰视古塔的雄姿，俯视摇曳于波光中的塔影，各具风致，景色不同。尤其是在火树银花的灯节，塔的七层飞角上都挂起红灯，又有九莲灯垂直而下，远远望去，仿佛是一座灯做的塔，灯塔倒浸在水中，波光与灯光闪烁辉映，形成另一佳景，令人目迷神怡。

资福晚钟

资福寺初建于北宋，原来在东门城内，也称东寺。明代万历年间，一个名叫樊养凤的知县，自称精通风水，提出要将寺庙和学宫互换位置。和尚不赞成，秀才也反对，但都拗不过这位父母官，最后还是把资福寺搬到学宫位置（现在市府机关所在地）。现在，市府大院内的水塘，就是

资福晚钟

那时留下的泮池、放生池遗迹。资福寺经过几次修建，有大殿、客堂、斋堂、知止轩、昙华室等建筑。寺内栽植四时花草树木，柏树、松树尤多。小桥流水、梵钟声声。到寺里烧香拜佛的人很多，也有人到这里游览观赏。有人这样描写："萧萧古寺白云封，偷得闲来看老松。过路晚风何处起，忽闻天外一声钟。"厉惕斋家的厉园在资福寺后，他是寺里的常客，他的《真州竹枝词》写道："寺前清沼石桥横，寺后修篁半绕城。游客不知天欲晚，忽闻花外有钟声。"

泮池新柳

泮池至今仍静静地躺在仪征中学内，不过已非旧时模样；旧时是学宫前一个水池，池呈月牙形，中有堤，称瀛洲。池水原来与外河相通，有"泮水源通淮泗远"的说法，池边遍植细柳，池内满泛荷花，流觞曲水，柔条嫩碧，芹藻飘香，伴随着雀鸣莺簧，构成了一个上佳的读书环境。周围原有一组建筑群，孔庙的肃穆，奎楼的飞檐，牌坊的巍峨，宫墙的富美，以及明伦堂、四贤祠、尊经阁等，让人瞻仰流连，给真州八景之一的泮池新柳增辉生色。

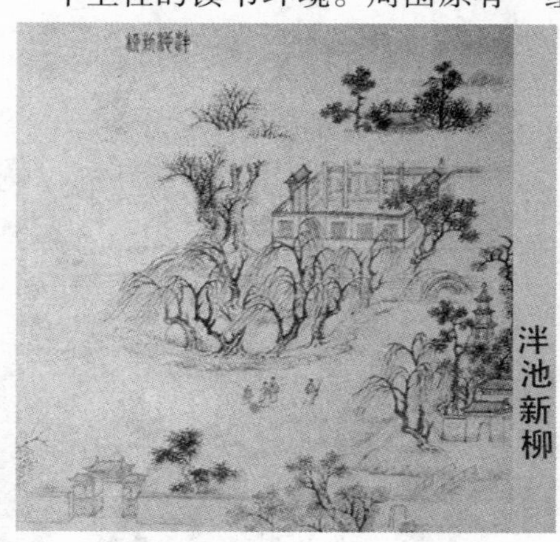

泮池新柳

而更为仪

征增辉生色的是泮池前附近学宫门前大道上的牌坊。过去,封建王朝实行科举制,凡是得中状元、榜眼、探花的,要在当地学宫前竖立不同规制的牌坊。因为一个在学宫里的读书人,要经过院试、乡试,取得优秀成绩才能进京参加会试,还要由皇帝亲自出题策问,合格的为进士,其中前三名分别为状元、榜眼、探花。几年之中才出一个状元,在一个县来说,出一个状元是很不容易的。可是,仪征在清代中后期的110多年间,却连续竖起了三座牌坊,实现三鼎甲,他们是状元陈琰,榜眼江德量,探花谢增。过去,仪征的读书人都以家乡的三鼎甲而自豪,经常有人在牌坊下留连徘徊,激励自己奋发上进。

世界文化名人盛成幼时虽然没有上过学,1991年回故乡时,九秩以上高龄的他还到儿时常去的泮池忆旧,并于池畔即兴赋诗:“故乡如异乡,两鬓染沧桑。回忆儿时柳,泮池望高阳。”至今,泮池新柳还是让人难以忘怀的。

名人留痕

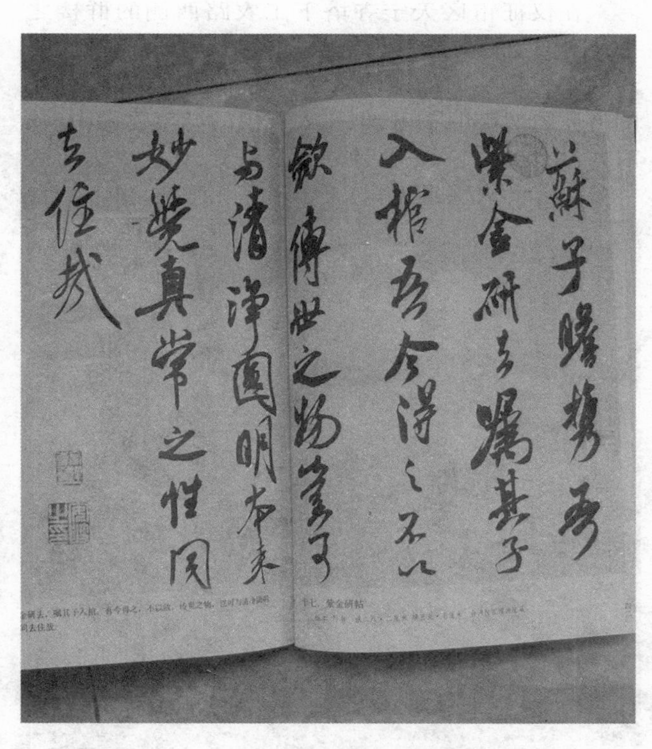

米芾书于真州的《紫金研帖》

世界文化名人盛成

在仪征市区天宁寺塔下工农路西侧的群楼之中，至今还保留着一处百年以上的老屋，三间两厢正房的东边是临街的四间矮房。饱经风雨、青砖小瓦的古屋虽然破旧不堪，但在大规模的城市建设中，政府并没有拆除它，正在计划着手恢复，让它成为市区一处重要的人文景观，与天宁塔互相呼应，供人们参

盛成生前照

观游览。这座老屋是仪征籍世界文化名人盛成的故居,1899年,盛成出生在这座老屋里,他从这里走出仪征,走遍全国,走向世界。他在欧美20余年,一直保留中国国籍,年逾古稀,毅然告别已定居国外的家人,回国定居,实现了落叶归根的夙愿。1996年他在北京病逝,按照他生前的嘱咐,家人和政府将他归葬故里的青山镇,与母亲的墓在一起,了却他"生不能尽孝,死后永远依偎在母亲身旁"的心愿。

今天,当我们回顾这位世纪老人的漫漫人生路时,无不被他的悠悠故国情、拳拳爱国心所感动。当中华民族在长期封建统治和外国人入侵下风雨飘摇时,11岁的他就随着后来成为辛亥革命烈士的哥哥盛白沙,到南京参加同盟会。第二年在光复南京之役中,他机灵勇敢,利用自己的孩子身份,在敌人眼皮底下当侦察,传命令,送情报,经受了血与火的洗礼,被当时的报纸誉为"辛亥革命三童子"之一。1919年,年方20岁的盛成在长辛店车务见习所工作,结识了在北京大学读书的江苏同乡,与北京大学学生一道参加"五·四"运动,游行示威,火烧赵家楼。随后又在长辛店发起组织"救国十人团"和"长辛店铁路工人救国10人团联合会",被推举为会长,领导了抵制日货、爱国宣传、罢工和支持京、津爱国学生运动的斗争,在斗争中结识了周恩来、许德珩等学生领袖。就在这年11月,盛成怀着探索救国之路的理想,在黄兴夫人徐宗汉资助下,赴法国勤工俭学。在法国他积极投身法国工人运动,进而参加法国社会党,并参与创建法国共产党(后因故被法共开除)。1928年,盛成的海外工读生涯陷入低谷时,他没有颓唐,发奋写书,用法文写成《我的母亲》,向世界介绍自己的故乡仪征,介绍自己的母亲——中国母亲的形象。此书一问世,就震动法国文坛,很快被译成英、德、荷、西班牙、希伯来和中文,风靡世界。盛成也成了世界文化名人。由于他长期以来对法国文化的贡献,20 世纪 80 年代获得法国总统授予的荣誉骑士军团勋章。成名后的盛成,决定归国以寸草心报祖国的春晖,1930 年 10 月回到祖国,第二年受聘为北大法语教授。不久发生了“九·一八”和“一·二八”事变,盛成义愤填膺,放弃教职,投笔从戎,奔走上海,出任十九路军一五六旅所属的复旦、上海、四川三支义勇军联合政治部主任。十九路军撤出上海后,他又回到北大,后来担任中华书局编辑。1937 年,抗日战争全面爆发,盛成又投入抗日救亡斗争,任上海各界救亡协会国际宣传委员会总干事和中华全国文艺界抗敌协会常务理事和总务部主任,并受“文协”派遣与郁达夫同赴台儿庄慰问取得台儿庄大捷的抗日将士。归途中,他从一位逃难的仪征乡亲那里得知妻子郑坚在十多天前死于逃难途中,住宅被日军占领,三个孩子由亲戚照顾,正准备到内地找他。他将国恨家仇深埋心中,顾不得回乡寻找亲人,星夜赶回武汉。在武汉,他逐渐认清国民党消极抗战的真面目,从中国共产党身上看到中国的希望,将自己的侄儿和妻弟送到武汉八路军办事处,托付给周恩来,使他们走上了革命道路。武汉失陷后,盛成辗转在桂林广西大学和中山大学任教,1945 年受校方委托,冲破敌人重重封锁,到大后方为学校筹集资金,历尽艰辛,险些送了性命。重庆的文艺界朋友老舍、李公朴等误传他死在路上，已为他默哀过一分钟，还准备为他开追悼会呢。

抗日胜利后，盛成到东北接收伪长春大学和大陆科学院，数月后到兰州大学任教授。1947 年受邀到台湾大学任教，岂知这一去就被困在孤岛 18 年。1965 年他挣脱国民党的控制，先到美国与女儿团聚，然后到了法国巴黎。一到巴黎，他就找到中国驻法国大使馆，将台湾的所谓中华民国护照换成中华人民共和国护照，为回归祖国做准备。盛成思乡心切，爱国情殷，“文革”时期托人致信周恩来总理，要求回国定居。周总理巧妙地以缄默阻止其回国，才使他免入“四人帮”的虎口。“四人帮”粉碎后，盛成回国定居的愿望得以实现，1978 年 10 月回到祖国，被安排在北京语言学院，经邓小平特批为一级教授，为祖国的教育事业奉献 18 年，直到离开人世。

盛成回国定居后，先后 4 次回到故乡仪征。回乡期间，他探访故居老屋，与亲朋旧友聚会，寻觅古邗城和陈公塘遗址；登鼓楼，游油港，看家乡巨变；举行学术讲座，参加太谷学派研讨会，宣传家乡丰厚的历史文化。他还关心家乡文化建设，将故居捐献给政府用于地方志编纂事业。家乡人民也没有忘记这位先辈乡贤，政府决定将扬子公园以东正在建设的市区最大广场命名为“盛成广场”，纪念这位终身爱国、爱乡的世界文化名人。笔者以为，如果在广场适当位置，树一座塑像和碑，扼要地介绍盛成的生平事迹和他对中西文化交流、世界文化发展所作的贡献，以及他热爱故乡、热爱祖国的精神，将成为仪征一笔宝贵的精神财富。

蜀岗臃肿作龙蟠
——王安石与仪征

城廓千家一弹丸，
蜀岗臃肿作龙蟠；
眼下不道无苍翠，
偷得钟山隔水看。

这是北宋政治家、文学家、思想家王安石在真州游蜀岗时作的诗。他登高远眺，眼前长江浩荡，远方钟山隐隐，脚下房舍连绵、满坡苍翠，触景生情，大概又在思念钟山脚下的家了。王安石虽是江西临川人，但父亲王益在江宁为官，逝于任上，葬于江宁牛首山，所以全家定居南京，晚年退居江宁10年，郁郁而终。江宁即今南京，与真州一江之隔，加之他的妹妹又嫁于真州沈家，所以王安石一生中来真州的次数很多。他在这里探亲访友，漫游园林、山水，履痕处处，诗文佳话很多。

王安石像

王安石的妹婿沈季长，

祖籍湖州，祖父沈玉以屯田员外郎知真州，遂移家于此。亲戚之外，王安石在真州还有几位十分相知的朋友，多为清贫的读书人和医生。两度为相的“拗相公”与他们之间的真挚友情一直为世人称道，被载入志乘，留传至今。孙侔，字少述，早年丧父，事母至孝，举进士后为官时间不长即因母病而去职，从此终身不仕，居扬子县（今仪征）以读书鼓琴为乐。他学识渊博，诗文名闻江淮，诗得到苏东坡、曾巩的很高评价。王安石青年时代与孙侔交游，友情甚笃，终身莫逆。王安石当上宰相，过真州时都要造访孙侔，而孙侔素来藐视权贵，对王安石如同普通朋友一样，诚挚友谊“淡如水”。王令，字逢泉，真州异才，著作颇丰，穷得几乎无以自存。王安石知道情况后，亲自作媒，将妻子亲戚家的一位姑娘说给王令为妻。王安石在真州还有一位至交，是个儒医，姓杜，为人旷达而清贫自守，医德高尚，对病者不分穷富，随叫随到，贫困人家不收诊金。他家里穷得经常难以维持生计，但从不忧形于色，“其心廓然”。王安石慕其道德文章，曾与人说：“与杜君语久而不厌。”杜去世后，王安石十分悲痛，写诗悼念：“萧瑟野衣中，能忘至老贫。避嚣依市井，蒙垢出埃尘。接物能齐物，劳身耻为身。伤心宿草地，不复见斯人。”

王安石在真州还留下不少墓表、墓志和墓志铭。他的妹婿沈季长及其祖父沈玉、父亲沈播和儿子沈铢、沈锡，一家四代主人的墓“俱在扬子县（今仪征）甘露乡”。王安石为沈播写了墓表，文学家曾巩为沈播夫人元氏写了墓志铭。其他由王安石写墓志、墓表的还有：葬于铜山之原的尚书主客郎中知兴元府赠谏议大夫王贯之及其子王师锡；葬于怀义乡的尚书司封郎中孙锡及其子翰林学士孙洙；葬于蜀岗之后的右领军卫将军王乙；葬于蜀岗之西的荆湖北路转运判官尚书屯田郎中刘牧等等，共有10处。王安石不仅为亲戚、官员写，还为无官却有名的品行高洁的人写。真州有一位处士名征集，行医为业，事母至孝，乐于赈济穷人，名闻乡里。征集去世后，王安石为他写墓表，称其为“淮南善士”。这些墓表、墓志包括王安石在真州写的诗文，都是这位大政治家、文学家留给仪征的宝贵文化遗产，墓表、墓志可能至今还埋藏在地下，今后若有机会挖掘出来，将是重要的文物。它们不仅可以见证王安石在真州的活动，有助于研究北宋朝的历史，也是可用以旅游开发的文化资源。

王安石是位著名的文学家，散文雄健峭拔，为“唐宋八大家”之一；诗歌遒劲清新，有不少揭露时弊、反映社会矛盾、体现政治主张的作品。他写于真州的诗文，除上述《蜀岗》和悼杜儒医诗外，还有《真州长芦寺经藏记》一文和《归来亭》、《真州东园作》、《真州马上作》等诗。现录二首：

真州东园作

十年遍历人间事，却绕新花认故丛。
南北此身知几日，山川长在泪痕中。

真州马上作

身随饥马日中行，眼入风沙困欲盲。
心气已劳形亦敝，自怜于世欲何营？

米芾在真州的文化遗产

有媒体报道，北宋大书法家米芾的一幅《研山铭》书法真迹，被一位爱国华侨以220万美元从日本购得，于2002年11月9日在国内以2999万元定向拍卖给国家有关文物单位，创下了古书画定向拍卖价格之最。由此可见，米芾的书法已成为珍稀的国宝级文物。说起这位大书法家，900年前还在真州做过官，而《研山铭》这幅字是他离开真州这一年写的。为了使仪征人了解米芾的生平以及他在真州时的书法、诗文创作等情况，现将有关资料搜集整理，简要介绍于后。

米芾，字元章，北宋书画家，与苏轼、黄庭坚、蔡襄合称“宋四家”。能诗文，精鉴别，画山水不求工细，多用水墨染，开创独特风格，与其子并称“米家山”。他原是湖北襄阳人，后定居镇江。生性狂放，

研山铭

有洁癖，好着奇装异服，人们称其为“米颠”。他虽然靠母亲阎氏为英宗高皇后接生并哺乳孩子得到一点好处，但终因出身寒微，一生仕途不顺，先后任校书郎、县尉、从事、推官、州学教授、军使和发运司管勾文字等级别较低的官职，直到晚年才到朝廷任书画博士、礼部员外郎。礼部又称“南宫”，“米南宫”的称谓就是这么得来的。

宋元符三年(1100)，米芾已经50岁，被免除涟水军使职，任江淮荆浙等路制置发运司管勾文字之职。其时，真州为漕盐转运枢纽，江南、淮南、湖北、浙江等地粮食都经过这里转运京师，因而负责诸路粮食转运的机构——发运司就设在真州。米芾这一年年底从京城南下到达真州上任。发运司的主要官员为发运使、副使和判官，“管勾文字”的官阶是不高的，至多相当于现在的县、处级吧。

米芾在真州约一年半时间，崇宁元年(1102)四月，他的非生母去世，他循例“丁忧”去职。他官职不高，政治上不可能有多大的建树，但他书法成就却很高，年轻的时候已名闻全国。在真州时，他政事之余，常登北山，临长江，与友朋相聚，从事书法和诗文创作，写了不少珍贵的字和诗文。据《中国书法全集》记载，从建中靖国元年(1101)正月写第一幅《向太后挽词》起，到崇宁元年四月写《具状帖》止，米芾在真州写的字共14幅。这些字大都在南宋年间就被制成《绍兴米帖》、《群玉堂帖》和《英光堂帖》，极少数仍为纸本原迹，现在分别藏在北京故宫博物院、中国台北故宫博物院和日本等地，且全部收在1992年“荣宝斋”出版的《中国书法全集》里，既是国家的瑰宝,也给仪征的历史增添了光辉。

米芾在真州为官,作为书法大家,除了写字,还免不了诗酒应酬。当时来往真州的官员很多,“冠盖相望,视他郡为盛”,于是州城有水陆两处迎来送往之所:水路的濒临长江,曰鉴远楼(亦称亭);陆路在北山之上,称“壮观”,有屋宇数楹。米芾对这两处地方情有独钟,除迎送客人,还经常独自登临鉴远楼和壮观,不仅为鉴远楼和壮观分别题了“江流啮岸”和“壮观”两块匾额,且写了 3 首登鉴远楼和 5 首壮观的诗,一篇《壮观赋》,现各录 2 首以供欣赏:

鉴远楼

赏心亭上群山雪,三夕丹渊借月华。
吟尽江南清绝处,亟行归觐紫皇家。

奉酬山甫

每登鉴远楼,下视皇天荡。
思挹落落人,凭栏揽万象。
忽逢西浦士,谈彩何萧旷。
养成谷口名,行见青藜杖。
山色且淡浓,沤鹭翩下上。
渔舟何者子,停月看烟浪。

奉呈彦昭使君壮观之赏

邀宾壮观不辞寒,玉立风神气上干。
欲识谢公清兴处,千山万岭雪漫漫。

壮观

扶筇上瑶台,一笑领清绝。
如何夜来风,独下前村雪。

在《壮观赋》中,他开篇就气势不凡地写道:“米元章登北山之宇,徘徊四顾,慨然叹曰:此壮哉江山之观也!”宋政和乙未(1115)至丙申间,真州郡守詹度见壮观“敝屋数楹,不蔽风雨”,先将屋宇修缮一新,而后建了一座亭子于旁,取名壮观亭,并将米芾生前为“壮观”题的匾额和写的诗赋,悬于和刻于亭上。明清《仪征县志》记载“壮观亭”时都称:“政和中郡守詹度建,米芾书匾作赋。”这往往容易使后人产生错觉,误以为是米芾直接为壮观亭书匾作赋的。事实是,米芾在1107年就去世了,1116年壮观亭建成时,他已不在人世9年了。

米芾在真州与苏东坡相聚的事,笔者在《苏东坡三到真州》一文中已写得较详细了,这里补充两件事。一是苏东坡离开真州不久在常州就病逝了,米芾闻噩耗后十分悲痛,中秋时节在真州特作挽诗5首,悼念这位年长自己14岁、谊在师友之间的老朋友,诗中有句赞东坡“道如韩子频离世,文比欧公复并年”。另一件事是,苏东坡在真州时见到米芾的一方珍贵砚台,借去随身观赏,临终时居然要将这方砚台随葬。大概东坡后人觉得这样做不妥,后来砚台又回到米芾手中。为此,米芾在真州专门写了《紫金研》以记其事。这幅纸本行书随笔,现在仍藏在台北故宫博物院,全文是:

苏子瞻携吾紫金研去,嘱其子入棺。吾今得之,不以敛。传世之物,岂可与清净圆明本来妙觉真常之性同去住哉!

苏东坡的做法固不足取,但与米芾比起来却是小巫见大巫。米芾看到别人的好东西,尤其与书法有关的法帖、砚台等等,非要得到不可,甚至装佯卖傻,以死要挟。清《仪征县志》和《石林燕语》等书就记载了他在真州的一桩轶事："米芾诙谲好奇，在真州尝谒太保攸于舟中。攸出所藏右军《王略帖》示之，芾惊叹，求以他画换易，攸意以为难。芾曰：'公不见从，某不复生，即投此江死矣！'因大呼，据船舷欲坠，攸遽与之。"这件事的确发生在真州江上舟中，不过字帖的主人和字帖都有讹错。据《中国书法全集》所刊曹宝麟《米芾<太师行寄王太史彦舟>本事索隐》一文所载，帖主人并非蔡攸而是蔡京，帖也不是右军《王略帖》而是晋谢安的《八月五日帖》。蔡京与米芾为布衣之交，元符年间被削去宰相之职，"东下无所归止，拟卜仪真以居焉"，建中靖国元年(1101)来到真州。米芾与贺方二人在江边一座亭中同蔡京相见，观看蔡京用椽笔写的"龟山"二字。米芾在舟中以死威胁索得蔡京所藏《八月五日帖》就在此时。这种强行夺人所爱的事，米芾是做得出来的。曹先生在文章中指出："徽宗皇帝的端砚经他一用，尚且敢昧死请赐，那布衣交的蔡京当不在话下"，"所有这一切可笑的言行，都是他玩世不恭又惊世骇俗的天真本性的流露"。

米芾留给仪征的文化遗产实在太丰富了，大有开发的价值和可能。有人建议辟"米芾投江处"，笔者以为，还可以重建"鉴远"、"壮观"二亭，将他在真州写的书法、诗文刻石。这都是文化内涵颇深的景观，且资料现成又投资不多。

天池明月思曹寅

仪征旧时有“真州八景”,其中一景名“天池玩月”。天池又名莲花池,在今仪征市区东南,是明清时期淮盐的船只停泊之处,现今虽已淤塞,但遗址犹存。当我们于月明之夜站在有影影绰绰的残水、农田、高楼的废天池畔发思古之幽情时,抬头望明月,低头不能不思故物故人了。故物就是天池边的“真州使院”,故人就是使院的主人曹寅。

说到曹寅,大概很多人都知道他是《红楼梦》作者曹雪芹的祖父,说到曹寅300年前与仪征的关系,知道的人也不会少的。清康熙四十三年(1704),曹寅兼任两淮巡盐御使,奉旨巡视淮盐。从这一年起到他逝世为止的8年中,他和妻兄李煦轮流担任这个职务,每隔一年轮值一次。盐课是清王朝财政收入的重要来源,而“两淮岁课当天下租庸之半,捐益盈虚,动关国计”。两淮盐政,负责管理淮盐的产、运、销和税课收入,实际上是掌管国家经济命脉的财政大员。曹寅虽以江宁织造的身份兼理盐政,但公务重心却在巡视淮盐方面。两淮巡盐御使的衙门设在扬州,叫“盐漕察院”。它有两个下属机构:一为“淮南盐引批验所”,设在仪征;一为“淮北盐引批验所”,设在淮安。淮南产销盐的数量一般是淮北的4至5倍,所以两个批验所又以淮南的为重点。每年盐运旺季，巡盐御使都要亲自到仪征来主持临江大掣，监督检查运往皖、赣、湘、鄂的盐船及其装载数量。为了便于巡盐御使常驻办公，这里还建立大楼、廨宇，称“仪征察院署”、“真州使院”或“淮南使院”。曹寅常往来仪征、扬州两地，每年掣盐期间，都要到真州居住一段时间。除了处理盐务外，还把仪征作为休假的地方，在这里寻古迹，访前贤，游园林，与江南文士名流研讨诗文，酬酢唱和，足迹遍及城乡，留下了很多诗文，他的《楝亭集》中收录的写于仪征的诗文有几十首(篇)之多。

真州使院是曹寅处理公务和居停之地，紧靠天池，环境清幽。“高楼三面水，一面环百堵。隔岸江南山，遥青粲可数。”曹寅公事之余，或登楼远眺长江，或临窗俯视帆樯，或泛舟于天池之内，或纳凉赏月于水榭之间，郊野烟柳，江上渔帆，都成了他吟咏

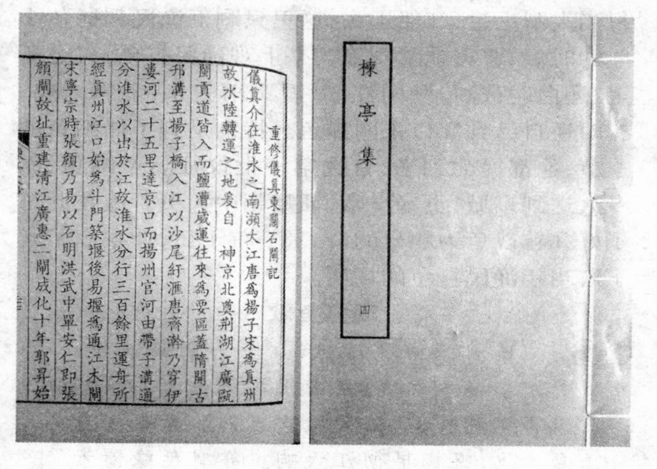
重修儀真東關石閘記
儀真介在淮水之南瀕大江唐爲揚子宋爲真州
故水陸轉運之地爰自　神京北冀荆湖江廣甌
閩貢道皆入而鹽漕歲運往來爲要區蓋隋開古
邗溝至揚子橋入江以沙尾紆滙唐齊澣乃穿伊
婁河二十五里達京口而揚州官河由帶子溝通
分淮水以出於江故淮水分行三百餘里運舟所
經真州江口始爲斗門築堰後易堰爲通江木閘
宋寧宗時張顏乃易以石明洪武中單安仁即張
顏閘故址重建清江廣惠二閘成化十年郭昇始

《楝亭集》

的对象，偶题即为好诗，寓目皆成佳构。先看看他的《真州使院偶题》：

我爱真州老树荫，江天疏豁散烦襟，
米囊盐筴了公事，估唱渔歌无俗音。
永日坐忘归鹊噪，晚上清并夏云深，
谁家台阁屏风样，不拔轻桡到碧浔。

再看看他的《署楼寓目成咏》：

顿抹柳色乱烟鬟，胥浦渔帆杳霭间。
残日一辉终恋水，青云百变不成山。
群飞凫鸭迎潮去，结队蜻蜓送雨还。
好倩长风扫晓翠，缓扶明月下银湾。

县城之西的江边沙漫洲，当时是仪征内河的出江口，临江大掣主要就在这里。这里江河交汇，渔民聚居，远山近水，树竹成荫，是一个休憩的好去处。地方官员为曹寅在这里建造一座亭子取名渔湾亭。每当大掣一过，江船远去，这里只剩下渔民和捕鱼小船的时候，曹寅就常到渔湾亭上观渔民打鱼，兴之所至，还白舫载酒，驶向江心，看飞雨骤来，乱珠入船。有时还自己到江口张网捕鱼。特别是到了捕鲥鱼的季节，他都提前到来，首选第一批仪征名产鲥鱼，派专人送到京城，贡奉皇帝，馈赠朝中大员。他在此写了好几首以鱼为题材的诗，录一首于后，让我们了解了解当年渔民打鱼的场面。

观打鱼歌

白沙城南观打鱼，日长一舸临泱漭。
亭午才移水界凉，青山正远潮头上。不愁
瀺灂随潮长，只怕天风吹五两。撇眼旋看
凫鹜飞，鸣榔早彻江天响。亦有延缘罯素

鳞，沉钩塞默浮乌榜。意气那争手捷多，波涛要辨心雄往。垂老应知口腹贪，望洋转起烟岚想。漫夸游豫逐时闲，苦似爬搔除背痒。回帆重谱竹枝歌，斜阳罢晒笑蓉网。

曹寅在仪征曾几次游览著名园林“白沙翠竹江村”，并步石涛之后，为园内 13 个景点逐一题诗；还到新建的东园游览，为园中“澄虚阁”题写匾额，写下了《寄题东园八首》诗。

作为巡盐御使，曹寅在仪征主要负责盐政，有关淮南盐产运销的大事都得处理。康熙四十九年（1710），他第四次担任盐政时，就主持重修了仪征东关闸。仪征东门原有东关闸，在仪扬运河口，控制仪扬运河水位，由淮南盐场到仪征天池的盐船都要经过这里，因年久失修，影响通航。曹寅则选拔熟悉河工的仪征县丞金玑负责施工，“砻巨石以甃其下，筑强堤御其冲，凿河开奥，制水立防”。工程结束后，曹寅写了《重修仪真东关闸记》，刻碑立于闸边，以记其始末。这篇记被收录在《仪征县志》里。

曹寅在仪征留下不少诗文踪迹，诗词大都收在他的《楝亭集》中，而“真州使院”、沙漫洲渔湾亭、东关闸都已不存。对仪征历史文化有兴趣的人，不妨翻翻《楝亭集》，踏访踏访旧县城的东门内外，定能寻到天池、东关闸的残留遗迹。

郑板桥在毛桥读书和江村设塾

提起郑板桥，稍有一点文化知识的人没有不知道的。这位康熙秀才、雍正举人、乾隆进士，清代著名的书画家、文学家，诗书画三绝，名播海内外。他在做官的前后均居扬州卖画，其书画别具一格，立异标新，被称为“扬州八怪”之一。郑板桥少年在仪征读书，青年时代刚踏上社会，设馆课徒的地方也是仪征，多年的仪征生活，仪征的水土，仪征的人情，培育起他浓郁的仪征情结，终身不泯，老而弥笃。

郑板桥画像

郑板桥的父亲立庵先生是一位教学有方的塾师，也是一位严父，对郑板桥要求极其严格，从幼年起就将其置于自己的管教之下，即使远离家乡到外地教书，也将郑板桥带在身边。约在清康熙四十年(1710)前后,他来到仪征县的毛家桥(现在新集镇内)设塾教书,郑板桥亦随父来到仪征,在父亲的馆内读书。郑板桥少年时代究竟几岁来到仪征,在仪征呆了几年,从现在留下的板桥诗文、家书和研究者的著作中,虽然缺乏明确的记载,但有一点可以肯定,仪征是郑板桥接受启蒙教育或早年读书地之一。郑板桥是在仪征最早吮吸到中华民族几千年优秀文化的乳汁的。

生长在封建社会的郑板桥和其他读书人一样,也要走科举之路以求功名。清康熙五十五年(1716),他24岁时中了秀才。秀才只意味着在科举路上跨了第一步,但却等于领到了当塾师的"资格证书"。虽然郑板桥仍然要在科举的山路上艰难攀登,但父亲年老多病,家庭生活困顿,他又不得不为父亲分担起部分家庭生活的重荷。在旧社会,一个穷秀才能做什么呢?最便捷的途径是教书。于是,康熙五十七年(1718),郑板桥26岁时踏着父亲走过的足迹、也是步着父亲的后尘来到仪征,设塾课徒,开始教起书来。郑板桥是在暮春时节从故乡兴化骑马到仪征的,一路上披星戴月,颠簸劳顿,然而沿途明媚春色却让他陶醉,触发起诗情。他在马背上以鞭击节,哼出了《晓行真州道中》的诗句:"童仆飘零不可寻,客途长伴一张琴。五更上马披风露,晓月随人出树林。麦秀带烟春郭迥,山光隔岸大江深。劳劳天地成何事,扑碎鞭梢为苦吟。"

郑板桥在仪征设塾的地方叫江村,这个江村,并非仪征有名的园林白沙翠竹江村。据道光《仪征县志》记载,这个江村在游击署南,里人张均阳筑,地处城南的长江之滨。现在我们虽然无法寻觅其遗迹，但从郑板桥的诗和家书中透露给我们消息猜测，这也是一处“占山水之胜”的好地方，是一个有楼有阁的小园。郑板桥离开仪征不久，给他的学生许雪江寄来了三首诗，回忆江村如诗如画的风景和如醇如醪的师生之情，其中一首写道：“不舍江干趣，年来卧水村。云揉山欲活，潮横雨如奔。稻蟹乘秋熟，豚蹄佐酒浑。野人欢笑罢，买棹会相存。”即使10多年以后，郑板桥已经人到中年，还没有忘记风景秀丽的江村，而且对它充满了情感。清雍正十三年(1735)，已经43岁的郑板桥依然住到镇江焦山这个安静的所在，读书以应科举。余暇时他又特地渡江北来，重游江村。他在江村茶舍写给弟弟的家书中，仍以十分愉悦的心情描述了一番江村的山光水色：“江雨初晴，宿烟收尽，林花碧柳，皆洗沐以待朝暾；而又娇鸟唤人，微风叠浪，吴楚诸山，清葱明秀，几欲渡江而来。”你看，郑板桥笔下的江村是多么清丽明秀，鲜活灵动。还不止于此，“此时坐水阁上，烹龙凤茶，烧夹剪香，令友人吹笛，作《落梅花》一弄，真是人间仙境也。”“是日许生既白买舟系阁下，邀看江景，并游一戗港。”这次郑板桥是应学生许既白邀请而来的，不仅游江村，船已租好了，还要逆水而上，观江景，游一戗港。一戗港在何处？志书载，在县城西南15里，为青山、神山之水汇流入长江的水道，想必也如西溪，是仪征人游览的好去处。

教馆实非板桥所愿，薪水低微，生活清苦，貌似自在，实为囚徒，“课少父兄嫌懒惰，功多子弟结冤仇”，既要对得起家长，又不能得罪学生。他感到苦闷和压抑，只得寄情于诗酒，或者从书中寻求解脱。课徒之余，“得句喜拈花叶写，看书倦当枕头眠”，有时便到河桥酒家酣饮，醉后便取笔墨，在店家壁上题起诗来。读书，吟诗，写字，成了板桥教书之余的主要活动。三年仪征教馆生涯，郑板桥不仅诗书技艺和学问都有长进，而且接触到仪征的风土人情，培养了一批学生，结交了一批诗友。他们当中张仲苍、鲍匡溪、米旧山、方竹楼、吕凉州诸人，均系仪征文艺界名流，与板桥过从甚密，唱酬不断，结下了深情厚谊。

郑板桥爱仪征的山、仪征的水、仪征的风物、仪征的人，一生对仪征魂牵梦萦，晚年更深深眷念。他年逾花甲，66 岁时还再访仪征，重游故地，重逢挚友，重会弟子。这次重访仪征是他仪征情结的一次总展现，他将对仪征的真挚情感注入笔端，尽情地宣泄，写下了脍炙人口的《真州杂诗八首》，一时间在老友中不胫而走，奉和纷纷。这更使板桥大受鼓舞，诗兴勃发，再叠前韵，又写下了《真州八首》。在郑板桥眼里，仪征的一山一水，一草一木，一景一物，一人一事，都充满了诗意，都值得歌之咏之。他崇敬“雪中松树文山庙，雨后桃花浣女祠”；他欣赏“村中布谷县中啼，桑柘低檐麦陇齐”；他喜欢“昨夜村灯鱼藕市，青帘醇酒见人情”；他颂扬“真州漫笑弹丸地，从古英雄尽往还”；他留恋“清兴不辜诸酒伴，令人难忘异乡情”；连“三冬荠菜”、“九熟樱桃”、嫩韭、虾菜都尽揽在郑板桥笔墨之中，兴味盎然。这次郑板桥在仪征一共写了 16 首诗，连同以前他写的纪行、赠友、记事、抒怀之作，有二十四五首。唐宋以来，外地诗人咏仪征的诗作，郑板桥是最多的一位。现录真州杂诗八首中的三首于后：

（一）

春风十里送啼莺，山色江光翠满城。
曲岸红薇明涧水，矮窗白纸出书声。
衙斋种豆官无事，刀笔题诗吏有名。
昨夜村灯鱼藕市，青帘醇酒见人情。

（二）

月白潮生野水潺，上游千里控荆蛮。
洗淘赤壁无遗燎，溶漾金陵有剩山。
烟里戍旗秋露湿，沙边战舰夕阳间。
真州漫笑弹丸地，从古英雄尽往还。

（三）

江头语燕杂啼莺，淡淡烟笼绣画城。
沙头柳拖骑马客，翠楼帘卷卖花声。
三冬荠菜偏饶味，九熟樱桃最有名。
清兴不辜诸酒伴，令人忘却异乡情。

风味特产

雨花石

中华一绝雨花石

雨花石是中国特有的观赏石，被称为“中华一绝”。它形成于千万年以前，在造山运动中喷发出的岩浆冷却后形成了石头，有些以二氧化硅为主要成份的碎石，经过长江长期冲刷、磨蚀和长途搬运，在入海口沉积下来，这就是雨花石。诗人因此说雨花石是“陵谷升沉、熔岩喷发和江水奔腾留下的远古记忆。”雨花石这一名称的由来与南京雨花台及一个佛教神话传说有关。

仪征处于古长江的入海口，是雨花石的最佳蕴藏带，储量和产量都占全国的三分之二以上，被誉为雨花石的故乡。雨花石经过千万年冲刷、磨蚀，毫无棱角锋芒，圆润光滑，如丸如珠，如卵如拳，有凸有

洛神

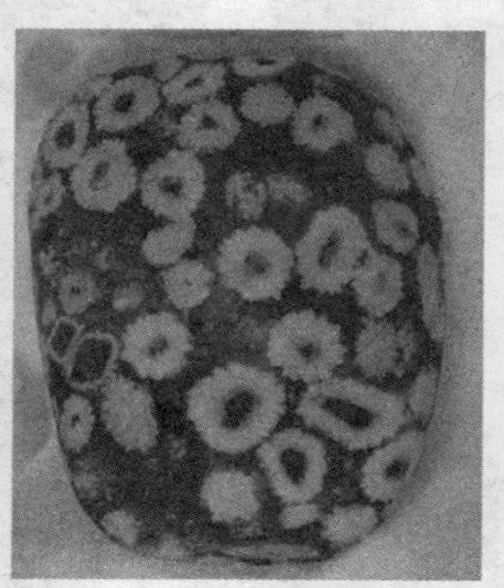

菊

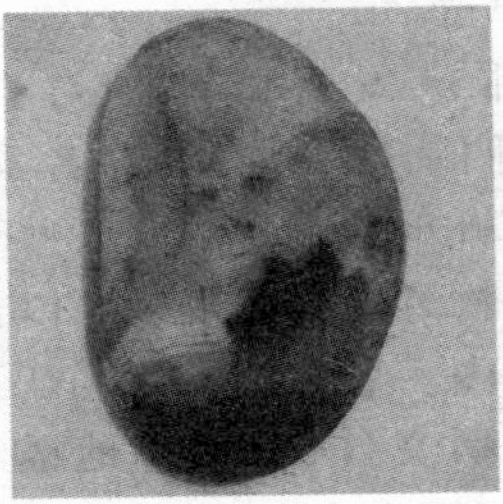

太虚仙境

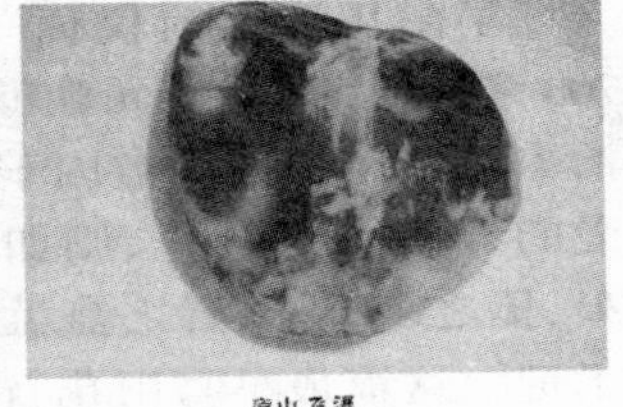

庐山飞瀑

黄山烟云

石燕观海

凹，扁平椭圆者居多；因为二氧化硅中掺杂了镁、铁、铜、锰等微量元素，故其纹理奇特，色彩斑斓，诸色备足。特别有些有形石，色彩和纹理交错，构成无数图形，如人物、山水、花鸟、虫鱼、走兽等，甚至还有文字，像中国的大写意画和西洋印象派画作。这些图象均在似与不似之间，全靠人细致观察和丰富想象。一旦发现它的图像像什么，并给它赋予诗意的命名，立即形神兼备，韵味无穷，并成为收藏者抢手的珍品。人们惊叹大自然的鬼斧神工，称其为凝日月之精华，集天地之灵气，收山川之万象，每得一块雨花石，都非常宝贵，精心将其收藏，或作案头清供，经常把玩和欣赏，从中获得美的享受。

早在几千年前仪征一带就发现了这种奇石。700多年前的元代，元朝翰林侍读学士、大学者、政治家郝经出使南宋被囚于真州时，特别激赏这些可爱的石子。“每得一，则如获物外之奇宝，濯之以清泉，薰之以沉烟，置之盘盂之内。”并写了一篇《江石子记》，这篇最早写雨花石的散文佳作，传神地描绘了仪征雨花石的颜色、形状和石头上的纹理、图像，且及物兴怀地论述柔水与坚石即弱者可以战胜强者的辩证关系。那时仪征还没有大规模开采砂石，暴露在地表浅层的雨花石多数是山洪暴发时随水挟带进长江的，有的沉积在江滩上，所以郝经称它为“江石子”。

新中国建立后，仪征开始规模开采砂石，沉睡了数万年的雨花石从地下醒来，成了大自然赐予仪征人民的瑰宝。几十年中，各地的觅宝者纷至沓来。而今，少量象形石珍品成了收藏者手中的奇宝，大量纹理石被加工成雨花玛瑙，制成家庭居室的摆设和人们配戴的各种首饰如项链、戒指、挂件等。仪征雨花石的足迹和名声已经散布和享誉全国各地，甚至飘洋过海。雨花石主产地月塘乡建有多个雨花玛瑙加工厂和销售雨花石的一条街，还开辟了拣雨花石的旅游项目。人们有兴致的话可以到月塘走走，从雨花石一条街上定能得到喜爱的雨花石；或者直接到砂石矿，亲手“砂里淘金”，自己拣拾雨花石，幸运的话也许不经意间就觅得一块珍品奇石。

传统特产朴席

编织草席是仪征的传统副业，唐代出产的莞席与铜镜被列为贡品。仪扬运河中段北岸的朴席镇是个千年古镇，它原来名叫朴树湾，街市也不单在河北，居民皆夹河而居。清代厉惕斋的竹枝词写道："河南河北两镇雄，萧条杼柚尽成空。可怜无限掺掺手，多在红巾席卷中。"竹枝词不仅告诉人们朴树湾分河南、河北，而且记述了朴树湾人家辛勤编织草席的情景。朴树湾一带农民编织草席的历史很长，清末民初达到鼎盛时期。其时，当地织席的农户有1500多家，织机2000余张，"三湾九井十八巷，家家户户织席忙，"年产草席近百万条。街上最多时有席行200多家。席行做席草和草席生意，每年从苏州浒墅关购进席草数十万斤。织户有的为席行加工，领取加工费；有的向席行自购席草，织成席后卖给席行。席行组织外销，除行销江苏各地，还销往汉口、蚌埠等地。产于朴树湾的草席当时被称为朴席，与苏州的苏席和宁波的宁席同称为长江下游三大名席。先是物以地名，将朴树湾出产的草席称之为朴席；后来又地以物名，渐渐地朴席代替了朴树湾这个地名。民国十七年(1928)，仪征撤销市乡制，建立区乡(镇)制时，正式将朴树湾改为朴席，设立朴席镇。从此地与物合二而一，朴席既是草席，又成为地名沿用至今。

新中国建立后，朴席生产得到发展，先建立朴席生产合作社，后成立朴席厂，并且引种席草，从手工编织发展到机器织席。现在年织席 300 万条以上，产品不断更新换代，“精制朴席”品种早就由原来的睡席发展到桌席、地毯席、沙发席、窗帘和榻榻米席等多种。产品畅销全国 20 多个省、市、自治区，远销东南亚、西亚、西欧、北美等 10 多个国家和地区；榻榻米席专销日本。1984 年，朴席还走进了洛杉矶奥运会。近年，还以朴席产品质量为基础，经专家和技术监督部门论证，在全国首家制订了草席地方标准，并被定为江苏省草席质量地方标准（GB/32T448—2002）。从此朴席生产又迈上了新台阶。

传统的手工织席机仍然有少量的保留着，以传统手工工艺编织的本机加重席，“站立不倒，盛水不漏，廿年不坏”，仍然受到人们的喜爱，上门订做的人很多，有的还被作为礼品送人。

提花草席

绿　茶

江北很少产茶,但仪征却是个例外。由于四分之三的地域属于丘陵山区,气候湿润,地貌独特,从五十年代起,就以捺山、青山两个国营场圃为主要生产基地,开始规模种植绿茶,如今各类茶园面积已近两万亩,居江北各县市之首。

仪征茶园近山临水,生态环境良好,较少工业污染,因而品质上佳,以"条形紧束,汤色清明,经泡耐冲"见长,明前茶更是成为抢手货,"绿杨春"、"皓茗"、"登月"等品牌已叫响市内外,一斤精品少则三万个芽头,多则四万多芽头。

茶　园

茶艺表演

仪征绿茶近几年在“绿色保健”上大做文章，通过与大专院校联姻，引进叶面喷施硒元素技术。园艺试验场已成功研制出具有防癌功效的富硒茶，并曾被选为亚运会主席台专用茶。“登月”等产品还跻身绿色产品行列，不少品牌还荣获省茶叶评选最高奖——“陆羽”杯。

江滩八鲜·紫菜苔

江滩八鲜

俗话说:"无宝不成滩"。仪征江滩上除生长用途繁多的芦苇外,各种野生菜又是上好的佳肴。旧时有一民俗很有趣:富户人家闺女出门,娘家陪礼中端着一托盘,放上一块土,上面置芦根,表示新娘从娘家带来了一片芦滩,可见旧芦滩在人们心目中的地位。

芦滩生长出的可食用的野菜主要有:芦笋、洲

芦蒿·洲芹·芦笋·马兰头

芹、芦蒿、马兰头、鲢鱼苔、野茭白、柴菌、地藕、青菜头、枸杞头、菊花脑、鹅肠菜等。据老厨师介绍,前八种为仪征旧时正宗"洲八鲜",与南京、扬州的"洲八鲜"各有不同。柴菌为菌类,寄生于芦,地藕细嫩,区别于家藕,这两种现在已很少见了。

现如今,长江边的芦滩缩小了,野生的"洲八鲜"少多了。但春天,仪征和十二圩的饭店里仍可能尝到风味独特的"洲八鲜"。

真州土蔬紫菜苔

每年冬天,无论你走进仪征市区真州镇的哪一家农贸市场,都能看到紫菜苔。生意人的摊子上,农妇的竹篮里,一把一把用稻草捆着的紫菜苔紫得发亮。一捆斤把重左右,不太贵,买回去用臭干炒炒。等到咸肉腌好了,紫菜炒咸肉,紫白相间,色鲜味美。用仪征人的方言说:"刮哉!"吃紫菜是有季节性的,

紫菜苔

春节最当令，春节过后不久，菜苔渐老，就不能吃了。

据农业技术人员讲，紫菜属十字花科中变异的品种，叶片和叶柄中含花青素，故呈紫红色，叫紫菜。紫菜有全株紫色和紫红带绿色两个品种，主要食其嫩苔，因而通常又叫紫菜苔。紫菜是十字花种蔬菜中抽苔最早的，有"寒冬第一嫩苔"之美誉。鲜嫩的紫菜苔中含有碘、铁等对人体有益的微量元素，是受人们喜爱的冬春应时佳菜。菜苔抽过后又生，掐了一遍又一遍，收获量不小，菜农们也喜欢种。紫菜在仪征种植的历史不短了，奇怪的是，不知是土质还是气候的原因，除了真州镇临近市区的一些村可以栽种外，其他村就长不好，容易变种。

春节前后，饭馆酒楼的宴席上一般都有炒紫菜苔的。家里来了外地亲友，主人待客时也少不了紫菜苔。不少人家还将紫菜苔带给上海、北京等地的亲人，这时候，紫菜苔可能也像莼菜鲈鱼一样，会引起游子乡思的。

长江四鲜鱼

仪征境内 28 公里的长江，不仅为当地送来了取之不竭的水资源，而且还赐予人们丰富的鱼类，其中回游鱼类如刀鱼、鲥鱼、鲥鱼、河豚“四鲜鱼”，历来是仪征的特产。因此，旧时仪征至沙漫洲一带江边住的多数是打鱼人家。“江干多是钓人居”，“波光骀荡绿杨湾，渔市人家晒网还”，“白沙城南观打鱼”以及“沙漫洲有隙地，渔子多集其间”等清人诗、文，就是仪征江边渔民生活的写照。他们风里来雨里去，从水中求食，终年辛苦难得温饱，被称为“鱼花子”。每当春江水暖之际，渔民就为生计忙开了，从大河口到军桥闸多处渔场水口，一片繁忙景象。刀鱼、鲥鱼、鲥鱼等也陆续成为仪征百姓餐桌上时鲜佳肴。刀鱼上市最早，春节刚过，富裕人家轮流请吃“春卮”酒，刀鱼与韭芽皆为席上珍馐。“网得纤鳞且作羹，尝时我恰动幽情”，“主人笑指春盘说，这是家园韭菜芽”，头者是刀鱼，后者为韭芽，从清人诗句里不难想像头市刀鱼之珍贵。每当新笋出土，鲥鱼也随之上市了，鲥鱼与竹笋同烧煮最具特色。可是，在山东当过县官的厉惕斋觉得仪征的鲥鱼不及卫河鲥鱼，他在竹枝词里写道：“此鱼独与笋相宜，一尾烹来动远思。不为味兼参玉版，令人长忆卫河时。”他以为卫河鲥鱼比仪征江鲥味美，但又感到卫河鲥鱼缺少竹笋配伍，未免美中不足。

“鮰鱼才过又鲥鱼，芍药花开四月初。”鲥鱼是仪征的名特产，曾经作为贡品。清康熙间，曹寅任盐运使时，每到捕鱼季节，这位“向充贡使”的官员，都命人在仪征选购一批最先出水的鲥鱼（称头鱼），派专人送到京城，进贡皇帝，馈赠朝廷大臣。曹寅在真州还写了一首名《鲥鱼》的七律，后两句说：“寻常家食随时节，多半含桃注颊红。”他自己注释说，鲥鱼初至者为头鱼，次名樱桃红。对于曹寅的做法，连后来的下层官吏也颇有微词，厉惕斋用竹枝词半发牢骚地写道：“尺半银鳞细柳穿，无人不道是江鲜。江干我比扬州近，未识头鱼若个先。”头鱼都送到扬州院署并进贡到京城，生长在长江边上的寻常百姓家只能随时节，吃次一等的樱桃红了。

“竹外桃花两三枝，……正是河豚欲上时”。河豚鱼也在早春上市，因味道鲜美，仪征人多喜爱吃。不过又因其肝脏、生殖腺和血液里有剧毒，弄得不干净吃了容易中毒，所以有的人又怕吃。人们就是怀着既爱又怕的忐忑心情吃河豚的。仪征一直流传一句俗话：“拼死吃河豚”，其实应该是“拼洗吃河豚”，只要细心地剖，“拼命”地洗，完全可以美美地吃。不过，现在不要说怕吃了，连想吃都吃不到了。什么原因？造化弄人呗！人们对大自然不爱惜，过度滥捕不算，还向江河里排放污水，结果受大自然惩罚，河豚鱼锐减，竟到了百金难求的地步，成了稀有珍品。市面上根本看不到，即使渔民捕到一点，得花几百元才能买到一斤。

岂止是河豚呢，刀鱼、鲥鱼也如此。新编《仪征市志》上有一组统计数字:从解放前到解放后1980年前后,仪征的刀鱼、鲥鱼、河豚的产量都是相当高的。每年都能捕捞几万斤。捕捞量最多的年份,河豚6500公斤(1958年),刀鱼65662公斤(1973年),鲥鱼37000公斤(1974年),本地销不了,外销到南京、上海等地。后来产量如江河日下,1984年刀鱼还有18000公斤,鲥鱼仅有50公斤。再后来市场上除有少量刀鱼、鮰鱼以外,鲥鱼、河豚几乎绝迹。渐渐地这些鱼就从普通人家的桌上消失了,有的人家偶尔吃一次刀鱼、鮰鱼,也是为了招待客人的。

仪征人相信,随着长江休鱼期政策的实行和长江水污染治理,以及生态环境的改善,刀鱼、鮰鱼、鲥鱼、河豚从大海再游回来,搬到寻常百姓家的餐桌上的日子大概不会太远了。

上为河豚、清蒸刀鱼
下为鮰鱼、鲥鱼

十二圩五香茶干

仪征十二圩从清同治十二年(1873)到民国二十六年(1937),曾是淮盐集散的重镇,被称为“食盐之都”。这时期,十二圩出产的五香茶干名闻大江南北,与高邮界首、当涂采石的茶干并称为长江下游“三大香干”,远销上海、武汉、徐蚌等地。沪宁、津浦铁路火车上,沿江的大小客轮上均有携篮卖十二圩茶干的小贩来回叫卖。从十二圩往皖、赣、湘、鄂等口岸的运盐船,都要携带若干,或用以途中佐餐,或作为馈赠的礼品。至于宁、镇、仪、扬一带不少城镇或农村居民家中,也常以十二圩茶干待客的。

十二圩五香茶干

十二圩茶干原来是“窦天昌”茶干、酱园店生产的，兴于清光绪年间，至今已有一百多年历史。据说，窦氏祖籍安徽巢县，十二圩盐务兴旺时才迁移到十二圩来，做茶干的历史可上溯三百年前。由于窦天昌坚持采用传统工艺制作，选料精良，制作严谨，先后经过六道工序，道道把关，因而做出来的茶干呈酱黄色，油光湿润，香气扑鼻，用手卷起放开后复原如故，不破不裂，其味鲜美，咸香甜适度，质量好，价钱又不贵，既可登大雅之堂，又能上普通老百姓餐桌。这是十二圩五香茶干几十年来常盛不衰的主要原因。后来，十二圩盐务衰落了，人员流散了，传统工艺丢掉了，加上原材料短缺和制作粗糙等因素，十二圩茶干品质大不如前。很多老年人叹息：吃不到当年的茶干了。

近几年来，虽然窦氏后人不做茶干了，但是十二圩人正在努力恢复当地的名牌特产。不少生产厂家在使用传统工艺制作的同时，研究增加新佐料，采用真空包装等新技术，提高十二圩五香茶干质量。现在，十二圩五香茶干又在市场上吃香起来，除在本地外，扬州、镇江以及南京等地，也出现了“十二圩五香茶干”的叫卖声。清拌茶干、芫荽拌香干、西芹拌香干、药芹炒香干，已成为仪征人餐桌上的家常菜，出外旅游也不忘带上几袋。

传统美味——风鹅

风鹅，是冬季在仪征大仪、陈集等山区十分流行的地方特产，借助自然风干制作而成，具有高蛋白、低脂肪，鲜、香、酥、嫩等个性特色，尤其是人体必需的氨基酸含量丰富，其中赖氨酸和丙氨酸等含量比仔鸡肉高出30%——70%，因而具有增进系统功能、健脑益智、降低血脂等功用。中医理论认为，鹅肉味甘性平，清凉去燥，有补虚益气、暖胃生津等功能。故尔，在法国等发达国家，就有“富人吃鹅，穷人食鸭”一说。

风　鹅

近年来，在大仪一带，专门从事风鹅加工的作坊蜂拥而起，走在当地街巷村头，到处可见挂在农家院落里的鹅制品，空气中也可闻到浓郁的鹅香。过去文人墨客多对鹅情有独钟。骆宾王吟鹅，王羲之画鹅。如今，由扬州馋神食品公司推出的“馋神”风鹅，在保留民间工艺的基础上，更是做出了现代鹅文章。采用现代工艺标准，真空包装，微波消毒，将过去一年只有一季可制作的产品改为一年四季常年生产，即开即食，畅销上海、北京等全国各大中城市星级宾馆。据统计，仪征风鹅的年产量已超过 300 万只。

制作风鹅的菜鹅

后 记

这本书是根据扬州市的统一部署,仪征市政府决定编写的,是《新扬州画舫录丛书》中的一册,旨在介绍仪征的山水园林、胜迹遗址和名人风物,让人们对仪征历史文化、景观风物有更深的认识和了解,对仪征的旅游业发展有所裨益。仪征的文化积淀丰厚,历史上曾是一座山川映发、园林瑰丽、名胜众多的旅游城市,可惜由于迭经兵火,如今山川依旧,很多园林胜景已荡然无存;好在新的景观正在建设。

为了以长补短,我们在写作中除对每一景观溯源寻根,理清脉络,详述其历史和现状外,还尽量增加人物活动、吟咏诗文、民间传说,以及相关知识,并注意运用历史文献作些考辨,还历史本来面目,理清传说与史实界线,做到文与人辉映、史与识相通、景与情交融、雅与俗共赏。有些已经湮没的园林名胜,我们择主要的作了系统介绍,主要是为今后开发旅游资源提供一些历史文化背景和信息。

本书在写作过程中,参考了古今《仪征县(市)志》、《全宋诗》、《园冶注释》、《中国书法全集》、《真州竹枝词》、《仪征史话》、《古诗咏仪征》、《盐都纪盛》和《仪征风土探略》等书籍,其中对李仰华、沈捷、孙庆飞、宋兆康等同志的文章作了部分引用,有个别篇什属于全文收录,扬子公园、白沙公园提供了第一手资料，仪征日报社承担了初稿打印和编校，党史方志办公室提供了有关乡镇的最新数据，周恒昌、涂君同志提供了相关书籍，刘群兴同志为本书拍摄了大量照片，康业龙同志还陪同实地调查。对上述有关单位和同志的帮助和支持一并表示诚挚的谢意。

由于作者学力不逮，写作水平有限，书中各篇质量参差不齐，疏漏讹错在所难免，尚祈读者批评指正。

作　者

二〇〇三年一月

图书在版编目(C I P)数据

仪征景观/帅国华,汪向荣编著.—南京:江苏古籍出版社,2003.1
(新扬州画舫录/马家鼎主编)
ISBN 7-80643-891-2

Ⅰ.仪... Ⅱ.①帅...②汪... Ⅲ.名胜古迹—简介—仪征市 Ⅳ.K928.705.33

中国版本图书馆 C I P 数据核字(2003)第 021022 号

丛 书 名 新扬州画舫录
主　　编 马家鼎
书　　名 仪征景观
编　　著 帅国华 汪向荣
责任编辑 高小健
出版发行 江苏古籍出版社
(南京市中央路 165 号 邮编 210009)
编辑经销 广陵书社
(扬州市凤凰桥街 24-6 号 邮编 225002)
制版印刷 扬州鑫华印刷有限公司
开　　本 787×960 1/32 印张 5 插页 1 字数 96 千
版　　次 2003 年 1 月第 1 版第 1 次印刷
印　　数 1-5000
标准书号 ISBN 7-80643-891-2/Z·27
定　　价 45.00 元(一套五册)